Un cœur caché

Barbara Cartland est une romancière anglaise dont la réputation n'est plus à faire.

Plus de trois cents romans variés et passionnants mêlent aventures et amour.

Les Éditions J'ai Lu en ont déjà publié plus d'une centaine que vous retrouverez dans le catalogue gratuit disponible chez tous les libraires.

Barbara Cartland

Un cœur caché

traduit de l'anglais par Philippe BARBIER

Éditions J'ai lu

Ce roman a paru sous le titre original :

THE HIDDEN HEART

© Barbara Cartland, 1946
Pour la traduction française :
© Éditions de Trévise / BFB, Paris, 1984

1

– J'ai rarement vu une aussi belle morte, déclara Mrs Bootle d'un ton théâtral en ouvrant brusquement la porte.

Elle traversa la pièce en se dandinant comme un canard, son énorme corps faisant paraître toute chose ridiculement petite.

La jeune fille, assise devant la cheminée, cousait un galon de deuil sur une robe de serge noire. Elle leva les yeux.

– Puis-je monter ? demanda-t-elle.

– Si j'étais vous, j'attendrais encore un moment, ma chérie. Ça fait toujours un choc, la première fois... Un mort, c'est froid comme le marbre, mais ce peut être beau à sa manière. Et votre mère est belle. Depuis trente-cinq ans que je fais la toilette des morts, je commence à m'y connaître, vous savez.

Mrs Bootle s'assit dans un fauteuil et Sylvia se leva.

– Avant que vous ne montiez, ajouta la femme, je ne refuserais pas une collation. Mon travail est dur et quand j'ai fini, j'ai l'habitude de prendre un petit quelque chose.

– Oh ! je suis désolée, s'écria Sylvia. Vous

devez me trouver bien négligente. Malheureusement, je n'ai que du thé à vous offrir.

— J'aurais préféré une boisson plus corsée, dit Mrs Bootle, résignée. Mais, c'est toujours pareil, hein, quand il n'y a pas d'homme à la maison ! Que reste-t-il dans le garde-manger ?

— Il y a des œufs et un reste de tourte à la viande...

— C'est parfait. Les œufs pochés, s'il vous plaît. Je les mangerai pendant que vous ferez réchauffer la tourte. Et n'oubliez pas ! ajouta-t-elle tandis que Sylvia se dirigeait vers la porte, j'aime mon thé très fort !

Sylvia sortit, traversa en courant le vestibule plongé dans l'obscurité et descendit l'escalier de pierre conduisant à la cuisine en sous-sol. Malgré l'odeur d'humidité et de moisi que rien n'avait pu chasser, il y faisait chaud. Elle mit de l'eau à chauffer sur le fourneau et prit les deux derniers œufs dans le garde-manger. Quand Mrs Bootle les aurait mangés, ainsi que la tourte, la jeune fille n'aurait plus rien pour son dîner.

Après la mort de sa mère, la seule idée de nourriture lui donnait la nausée mais maintenant, elle avait faim. Et honte d'avoir faim dans de telles circonstances. Honte ? c'était absurde. Si elle avait des raisons de pleurer aujourd'hui, n'était-ce pas sur son propre sort et non pas sur celui de sa mère ?

Six ans s'étaient écoulés depuis que Mary Wace souffrait d'une maladie incurable, six ans durant lesquels Sylvia l'avait veillée constamment; invalide, elle était devenue triste et querelleuse à cause de la nature de sa maladie. Personne n'aurait pu souhaiter à Mary Wace de vivre plus longtemps. Aucun docteur n'avait pu soulager ses atroces douleurs et le drame avait été son interminable agonie. Aussi, en dépit de son chagrin, ç'avait été avec une sorte de soulagement que, ce matin-là, Sylvia l'avait trouvée morte en entrant dans sa chambre. D'abord, elle n'avait pu y croire. Puis, à force de regarder ce visage émacié, étrangement rajeuni par la disparition des rides creusées par la souffrance, elle avait compris que sa mère avait enfin trouvé la paix dans la mort.

À présent, en préparant les œufs pour Mrs Bootle, elle redoutait l'avenir. Avec la mort de Mary Wace, la pension qui les avait fait vivre jusqu'ici, cesserait. Elle n'avait représenté que très peu d'argent, juste de quoi avoir un toit et ne pas mourir de faim.

J'ai vingt et un ans, pensait Sylvia, et que sais-je de la vie ? Rien... Comment aurait-elle pu s'instruire quand elle consacrait tout son temps à sa mère et aux tâches ménagères ? Certes, elle savait tenir une maison, coudre, repasser, cuisiner... mais que faire de ces talents, sinon les offrir à un mari ? Or, elle n'avait jamais eu l'occasion de rencontrer un homme... Sa mère était trop malade pour recevoir des visiteurs et elle-même ne sortait que pour faire des courses ou respirer un instant dans leur petit jardin envahi d'herbes folles.

Elle devait plusieurs mois de loyer et si le mobilier lui appartenait, il était sans valeur. Tout ce qui aurait pu intéresser d'éventuels acheteurs avait déjà été vendu.

Lorsque les œufs furent prêts et l'eau bouillante, Sylvia fit le thé et mit la tourte au four. Puis elle posa la théière et les œufs sur un plateau qu'elle porta dans la salle de séjour.

Mrs Bootle, le menton sur la poitrine, s'éveilla en sursaut lorsque Sylvia ouvrit la porte.

– Ce temps me fatigue, dit-elle. Le vent est si froid ! Nous ne souhaitions que bonheur et tranquillité pour l'année 1903 mais sous peu, la moitié de la population sera atteinte de pneumonie !

– J'espère que non ! s'écria Sylvia en posant le plateau sur une petite table près de Mrs Bootle.

– Je suis écrasée de travail en ce moment. Vous savez, il faudrait une autre infirmière dans cette ville. Je sais que mes clients ne veulent que moi... mais ce n'est pas une raison.

– Votre travail doit être très intéressant...

– Oh ! Ça dépend. Je ne suis plus toute jeune et j'en ai souvent par-dessus la tête de cette vie ! On vient me chercher à tout instant... que ce soient les malades ou le docteur. Bien sûr, celui-ci essaie de me prévenir assez tôt pour les veilles à effectuer : je dois pouvoir m'organiser. Mais il y a toujours un événement inattendu pour tout bouleverser. Comme la mort de votre mère... Oh ! vous n'y êtes pour rien, ma chérie. Nous sommes tous dans la main de Dieu. Mais vous êtes bien pâle. Prenez une tasse de thé avec moi. Je vois deux tasses de thé sur ce plateau.

– Oui, mais je ne le prends pas aussi fort que le vôtre. J'ai apporté de l'eau chaude.

– Je dis toujours qu'il n'y a rien de mieux après une forte émotion qu'une bonne tasse de thé bien sucré.

Sylvia remplit les tasses et s'assit.

– Eh bien, comme je vous le disais, continua la brave femme, j'aime que mon travail soit organisé. Mais j'aime aussi qu'un lit de mort soit soigneusement préparé. Il ne faut pas exposer le corps trop longtemps, sinon les gens se lassent. Surtout les hommes. Vous savez comment ils sont ! Quant à votre maman, c'était ce qui pouvait lui arriver de mieux... Elle est plus tranquille que nous, maintenant.

– Au moins, elle ne souffre plus, murmura Sylvia.

– Vous avez fait le nécessaire, pour l'enterrement ?

– Oui, le docteur m'a envoyé les pompes funèbres mais je crains que ça ne coûte très cher; je ne sais pas où je vais trouver cet argent.

– Mais vous avez prévenu votre famille ? s'écria Mrs Bootle, alarmée.

– Oui, bien entendu. Mais je préférerais ne rien leur demander. Je n'ai pour toute famille que le frère de mon père, mon oncle Octavius, le pasteur de la paroisse Saint-Mathias à Hasting. Je lui ai envoyé un télégramme. Je pense avoir une réponse demain.

– Vous irez vivre chez lui, je suppose ?

– C'est malheureusement ce que je crains, souffla Sylvia en baissant les yeux.

– Voulez-vous dire que vous ne l'aimez pas ?

– Oh, ce n'est pas un mauvais homme. Il est même très bon, j'en suis sûre. Mais lorsque j'étais enfant, j'ai souvent séjourné chez lui et je n'en garde pas bon souvenir. Ma tante et mes cousins me rappelaient sans cesse que j'étais une parente pauvre et ils... critiquaient mon père et ma...

– Ah ! Je les connais, ces gens-là ! Et ils se disent chrétiens ! Vous ne me croiriez pas si je vous racontais ce que j'ai vu... surtout chez certains pasteurs !

– Il ne manquera pas de m'offrir d'habiter

sous son toit et je serai obligée d'accepter avec reconnaissance. Je n'ai pas le choix.

Les yeux dans le vague, Sylvia revoyait le vaste et trop luxueux presbytère de Hasting, et ses habitants aux visages fermés et durs qui regardaient avec mépris ses vêtements usés. Elle se souvenait de son oncle la mettant en garde d'un ton sévère :

– J'espère que vous comprenez, Sylvia, que ce nom ne doit jamais être prononcé sous le toit de cette respectable maison ?

– Non... mon oncle... jamais, avait-elle balbutié en sanglotant.

– Vous devez oublier jusqu'à son souvenir, l'effacer de votre mémoire.

Et elle avait compris à l'expression glaciale d'oncle Octavius que ce souvenir reviendrait toujours à sa mémoire chaque fois qu'il la verrait.

Sylvia couvrit soudain son visage de ses mains comme pour se protéger à l'avance des humiliations qu'on lui ferait subir à coup sûr au presbytère de Hasting. Car elle n'avait d'autre issue que d'y retourner, sachant qu'elle y serait traitée en domestique non rémunérée, en esclave d'une tante qui ne l'avait jamais aimée et de cousines qui la méprisaient. Tout cela sous la surveillance constante de son oncle.

Subitement, elle regarda Mrs Bootle bien en face :

– Oh, Mrs Bootle, est-ce qu'il n'y a rien que je puisse faire pour éviter d'y aller ? Un travail, même très dur ? Si j'en trouvais un, je vous jure que je ferais l'impossible pour donner satisfaction. Ne voyez-vous rien, vous qui connaissez tout le monde ici ?

– Dans votre condition, c'est difficile, ma chérie. C'est que vous êtes une dame... Si j'avais une fille de votre âge, je lui trouverais un emploi, bien sûr, ou alors elle épouserait un brave garçon, honnête et travailleur. Mais vous, c'est différent...

— Je pourrais peut-être être préceptrice ? suggéra Sylvia. Mais je suis bien peu instruite. J'ai quitté l'école assez jeune et ces dernières années, je n'ai pas eu beaucoup de temps pour lire.

— Et il vous faudrait des références. Une recommandation écrite...

— Je pourrais aussi être... vendeuse dans une boutique ?

Mrs Bootle se mit à rire.

— Vous n'y parviendrez jamais. Ça n'est pas du tout votre genre. Et dans ce cas, vous devriez trouver un logement. Comment pourriez-vous vivre avec quelques shillings par semaine à moins d'être prête à accepter... enfin, vous comprenez ce que je veux dire ? Non, le plus raisonnable est d'aller vivre chez votre oncle.

— Je ne pourrai pas ! s'écria Sylvia, au bord des larmes.

Mrs Bootle prit la théière.

— Allons, ne vous inquiétez pas, dit-elle. Tout va s'arranger d'une manière ou d'une autre. Tenez, prenez une autre tasse de thé... Voilà... Et que devient cette tourte ?

— Mon Dieu ! J'espère qu'elle n'est pas brûlée !

Sylvia se leva d'un bond et courut à la cuisine.

— J'ai une idée ! lui annonça Mrs Bootle lorsqu'elle revint avec la tourte. Elle vient tout juste de me traverser l'esprit. Je peux me tromper mais il me semble que j'ai trouvé exactement ce qui vous conviendrait.

— Oh ! Mrs Bootle. Dites-moi vite...

— Eh bien, voilà. Une de mes malades – une vraie dame – m'a demandé de lui trouver, si elle venait à mourir, une personne de confiance pour conduire sa fille Lucy à une certaine adresse. Et ce matin, le docteur m'a fait dire d'aller voir Mrs Cuningham car elle est à nouveau très mal. Les poumons...

— Et vous croyez qu'elle accepterait que je m'occupe de sa fille ? dit Sylvia. Mais ça n'est pas vraiment un emploi.

— Qui sait ? Laissez-moi vous donner un conseil, ma chérie. Si vous voulez arriver à quelque chose dans ce monde, il faut apprendre à saisir les occasions lorsqu'elles se présentent. Si vous plaisez à Mrs Cuningham et que la petite s'attache à vous, vous risquez de vous retrouver pourvue d'un travail...

— En tout cas, je peux essayer !

— Je vais vous présenter à Mrs Cuningham.

— C'est impossible... Que va-t-elle penser alors que maman...

— Si Mrs Cuningham est aussi malade que l'a laissé entendre le docteur ce matin, plus tôt vous la verrez, mieux ce sera. Quant à votre mère, elle ne serait certainement pas opposée à cette démarche. Elle n'a jamais souhaité autre chose que votre bonheur.

— Oui. Et que pourrait-il m'arriver de pire que d'aller vivre chez oncle Octavius ?

— Dans ce cas, saisissez l'occasion ! Allez mettre ce que vous avez de mieux. Faites-vous belle et ne vous souciez pas de porter le deuil, ajouta Mrs Bootle en voyant Sylvia ramasser la robe noire tombée sur le tapis. Personne ne sait encore que votre mère est morte, et il fait presque nuit. Nul ne vous verra. Allez, dépêchez-vous, ma chérie. En attendant, je vais me régaler de cette tourte.

Sylvia alla chercher une lampe dans le hall, l'alluma, régla la mèche et monta au premier. Là, après une brève hésitation, elle entra dans la chambre de sa mère. Debout au pied du lit, elle contempla le visage immobile de la défunte. Mrs Bootle avait raison : Mary Wace était belle. Elle avait dû être très jolie dans sa jeunesse, et Sylvia lui ressemblait beaucoup, elle le constatait pour la première fois. Elle avait les mêmes traits fins, les mêmes sourcils au dessin parfait et une splendide chevelure. Si celle de Mary Wace avait prématurément blanchi, les cheveux de Sylvia semblaient, à la lumière de la lampe, plus dorés que le blé mûr.

– Aidez-moi, maman, murmura-t-elle. Aidez-moi, où que vous soyez. Je ne veux pas aller chez oncle Octavius...

Puis elle se dirigea vers sa propre chambre. C'était une petite pièce, froide en hiver et trop chaude en été, et l'unique endroit où elle ait jamais pu se détendre un peu et être elle-même. C'était là qu'elle s'était si souvent contemplée dans le miroir suspendu au-dessus de la commode en acajou, se demandant si sa vie serait toujours aussi triste et monotone. C'était là qu'elle avait rêvé de se libérer du joug qui l'écrasait, sans y croire, là qu'elle avait tenté de prier en vain car pour elle, la religion était associée à oncle Octavius.

C'était aussi dans cette chambre qu'elle avait souffert d'une solitude plus douloureuse encore que celle qu'elle éprouvait en ce moment même où elle était pourtant vraiment seule au monde. Jusqu'ici, en effet, elle n'avait connu que la solitude de l'esprit aggravée d'une totale absence d'espoir.

Maintenant, elle avait un espoir... Elle ouvrit son armoire et y prit sa plus jolie robe, si un tel qualificatif pouvait s'appliquer à un vêtement aussi modeste. C'était une robe démodée et trop serrée mais dont le bleu jacinthe faisait ressortir la blancheur de sa peau et l'éclat de ses cheveux. Le col de dentelle blanche orné d'un ruban de velours bleu donnait à Sylvia l'allure d'une fraîche jeune fille.

Elle mit le manteau gris foncé que lui avait offert sa tante, il y avait bien longtemps, en échange d'une reconnaissance éternelle... C'était un vêtement de qualité mais très laid. Une de ses invitées avait dû l'acheter sans réfléchir mais le regretter aussitôt. Et on avait certainement décidé de l'offrir à la « pauvre Sylvia », comme on l'appelait toujours au presbytère de Hasting. Deux petits mots qui blessaient davantage la jeune fille qu'une insulte.

Bien sûr, ses cousines la haïssaient. Et c'était compréhensible en un certain sens. Ces deux grosses filles étaient très gauches et ni la soie ni les dentelles, ni le satin ne pouvaient faire disparaître leurs gros nez rouges et leurs petits yeux malveillants dans leurs visages bouffis et couperosés.

Sylvia ne les aimait pas non plus et son sentiment était né le jour où, au presbytère, on l'avait accusée de décolorer ses cheveux.

— Votre mère n'ajoute-t-elle rien à l'eau avec laquelle elle rince vos cheveux, Sylvia ? avait persiflé sa tante.

— Si, du jus de citron, quelquefois, tante Émily.

— Ça doit être ce qui leur donne cette couleur voyante... Il faut qu'elle cesse car cela attire l'attention sur vous d'une manière bien peu convenable.

Sylvia n'avait jamais oublié le ton de raillerie sur lequel ses cousines l'avaient accueillie, le lendemain.

— Alors... on décolore ses cheveux ? On veut se faire remarquer ?...

Sur le moment, Sylvia avait beaucoup pleuré. Plus tard, elle avait compris toute l'amertume et la jalousie que trahissaient les paroles de sa tante. La jeune fille tenait sa beauté de sa mère. Les Wace étaient petits et quelconques, leur irritation n'avait fait qu'augmenter lorsque Arthur, le plus jeune fils et la brebis galeuse de la famille, avait épousé une beauté. Si au moins ses enfants lui avaient ressemblé... mais Sylvia était le portrait de sa mère. Et sa seule présence avait toujours été une véritable insulte à la laideur de ses cousines.

Elle mit son chapeau de feutre orné de quelques plumes de faisan. Sur elle, le vêtement le plus ordinaire devenait élégant tant la merveilleuse blondeur de ses cheveux et le vermeil de ses lèvres rehaussaient son charme.

Elle enfonça un peu plus son chapeau pour se donner l'air austère puis elle ouvrit la porte et sortit de sa chambre. Et soudain, elle réalisa que sa mère était étendue, morte, dans la pièce voisine tandis qu'elle ne songeait qu'à elle-même. Elle fut tentée de renoncer à ce projet. Ce soir, son devoir était de rester à la maison et de veiller sa mère... D'un mouvement brusque, elle redressa la tête et, la gorge serrée, descendit l'escalier, tenant haut la lampe comme si elle eût porté une torche. Du fond du cœur, elle suppliait humblement : « S'il vous plaît, maman, comprenez-moi... Comprenez-moi... »

2

Il neigeait. Dans les rues obscures, la silhouette de Mrs Bootle, vêtue d'une cape noire flottant au vent sous les flocons et parfois éclairée par la lumière blafarde d'un réverbère, avait quelque chose de monstrueux et de lugubre.

Poolbrook était une petite ville traversée par une longue rue pleine de commerces prospères et de riches maisons bourgeoises. Elle cachait les misérables logements des pauvres donnant sur d'étroites ruelles. La nuit tombée, les respectables citoyens de Poolbrook n'osaient s'aventurer dans ces bas-fonds. Mais Mrs Bootle était trop connue pour avoir quoi que ce fût à craindre.

Elle était la seule sage-femme de la région. Et si tout le monde savait qu'elle aimait les boissons fortes et qu'elle ne mâchait pas ses mots, presque toutes les femmes de Poolbrook lui étaient reconnaissantes de ses services. Peut-être que certaines personnes, notamment des quartiers riches, lui reprochaient sa générosité excessive envers les pauvres et son manque de discrétion avec ceux qui avaient les moyens de bien la payer, mais enfin, ça n'était que des ragots. Et malgré toutes sortes d'insinuations fâcheuses à son égard quant à la nature de certains services rendus, elle n'avait jamais été inquiétée par la justice; personne ne pouvait rien prouver.

Sa corpulence ne l'empêchait pas de marcher vite et Sylvia devait presque courir pour la suivre. Elles quittèrent bientôt la rue principale pour se retrouver dans la campagne, atteignirent une barrière blanche ouverte sur une allée de lauriers. Le silence était si absolu maintenant qu'elles étaient en dehors de la ville, que Sylvia eut peur soudain.

– Vous ne pensez pas... commença-t-elle timidement et tout essoufflée par la course, qu'il vaut mieux que je vous attende dehors? Mrs Cuningham n'aura peut-être pas envie de me voir?

– Faites-moi confiance, ma petite. Je connais les femmes. Qu'elles soient de haute ou de basse condition, elles sont toutes les mêmes. Il faut les mettre au pied du mur, les obliger à prendre une décision tout de suite. Si vous ne savez pas cela, vous n'obtiendrez rien. Ne l'oubliez jamais !

Elles étaient déjà sous l'auvent de la porte d'entrée encadrée de deux colonnes de marbre blanc.

Mrs Bootle tira la sonnette et la porte s'ouvrit presque aussitôt. La femme de chambre qui les accueillit était jeune. La coiffe de travers, elle semblait effrayée.

– Oh ! Mrs Bootle ! s'exclama-t-elle: Il y a si longtemps que nous vous attendons !

– Que vous m'attendez... ?

Mrs Bootle entra dans le vaste hall, suivie de Sylvia. Elles gravirent l'escalier jusqu'au palier du premier qui desservait plusieurs chambres. Un homme sortit de l'une d'elles et referma doucement la porte derrière lui avant de s'écrier à mi-voix :

— Enfin, vous voilà, Mrs Bootle !
— Bonsoir, docteur, répondit-elle d'un ton calme. Ainsi vous m'attendiez ?
— Si je vous attendais ? Je vous ai fait chercher tout l'après-midi. Nom d'un chien, où vous cachiez-vous ? Nous avons fouillé toute la ville !

Mrs Bootle retira ses gants noirs en jetant au Dr Dawson le regard résigné d'une mère à son enfant attardé.

— Aviez-vous oublié que je devais faire la toilette de Mrs Wace, cet après-midi ?
— Grand Dieu ! s'exclama-t-il. Comment ai-je pu oublier... Je vous ai crue partout sauf chez Mrs Wace.
— C'est pourtant là que j'étais ! Mais pourrais-je connaître les raisons de cet affolement ?
— Je vous ai dit ce matin que Mrs Cuningham n'était pas bien... Elle a eu une nouvelle rechute à midi. Sa femme de chambre, cette jeune femme hystérique, est arrivée chez moi dans un tel état d'énervement qu'elle en avait oublié de mettre son chapeau et son manteau. Je dois dire que son inquiétude était justifiée. Mrs Cuningham a eu une très sérieuse hémorragie. J'ai demandé l'assistance d'une infirmière mais il y a peu de chances pour qu'elle arrive avant demain. Entre nous, Mrs Bootle, dit-il en baissant la voix, je doute qu'elle tienne jusque-là. J'ai voulu prévenir sa famille et elle refuse de me donner un seul nom. C'est incroyable... Elle ne veut voir que vous...
— Eh bien, me voilà, dit la sage-femme manifestement flattée. Je sais ce qui la tourmente et je crois pouvoir la tranquilliser. Je vais la voir tout de suite. Attendez-moi ici, ma petite.

Une seconde plus tard, Sylvia était seule avec le médecin.

– Je suis venue avec Mrs Bootle parce qu'elle...

– Je suis très content de vous voir, miss Wace, l'interrompit-il. Et je ne vous juge pas mal d'être sortie de chez vous ce soir, ne craignez rien. Vous avez été emprisonnée trop longtemps. Vous allez quitter Poolbrook, je suppose, maintenant que votre mère...

– Je ne sais pas encore.

Sylvia aimait bien le Dr Dawson. Elle lui en avait voulu plus d'une fois pour son incapacité à soulager les douleurs de sa mère. Mais maintenant, elle pouvait le voir tel qu'il était : âgé, fatigué, et donnant le meilleur de lui-même malgré ses connaissances médicales limitées.

Sa veste était constellée de taches et usée aux poignets. Son pantalon froissé faisait des poches aux genoux. Sa chemise n'était pas très propre et son menton mal rasé. Soudain, il lui parut si démuni – lui qui affrontait sans cesse la maladie et luttait comme il le pouvait contre la mort – , qu'elle fut envahie d'un sentiment de pitié mêlée d'admiration pour tant de courage désespéré.

– La... mort de... maman est un tel choc, reprit-elle en réalisant aussitôt toute la platitude de sa remarque.

Le Dr Dawson soupira.

– Avez-vous de la famille, miss Wace ?

– Mon oncle devrait arriver demain. Et je suis certaine qu'il réglera notre dette envers vous, répondit-elle en rougissant.

– Je ne pensais pas à mes honoraires, miss Wace, précisa-t-il avec un sourire affectueux. D'autant que je vous ai rendu des services bien négligeables si l'on songe aux souffrances de votre mère... Je sais que vous n'êtes pas fortunée et soyez sûre que je ne l'oublierai pas en vous présentant ma modeste note.

— Merci, dit Sylvia, gênée d'être obligée d'accepter la générosité d'un homme qui lui-même n'était pas très riche.

À cet instant, Mrs Bootle sortit de la chambre.

— Voulez-vous entrer ? dit-elle à Sylvia. Et vous aussi, docteur.

Ils s'approchèrent et elle ajouta à voix basse :

— Ne pouvez-vous lui donner un remontant, docteur ? La malheureuse a beaucoup de recommandations à nous faire avant de mourir...

Il parut hésiter et Mrs Bootle lui posa une autre question mais si bas que Sylvia ne put entendre.

— Je ne crois pas que ça puisse lui faire du mal, maintenant, dit-il enfin.

Il s'éloigna et la sage-femme précéda Sylvia dans une immense pièce au luxe inouï.

De grosses bûches brûlaient dans la cheminée et les rideaux de satin rose des fenêtres étaient tirés. Appuyée contre des oreillers, Mrs Cuningham était allongée dans un grand lit recouvert d'un couvre-pied également en satin rose. Au premier coup d'œil, Sylvia la trouva extrêmement jolie. Ce ne fut qu'en s'approchant qu'elle vit combien son visage était dévasté : la peau était tendue sur les joues et le cou si maigre qu'il semblait trop fragile pour supporter la tête noyée dans une abondante chevelure ondulée.

Mrs Bootle se pencha sur la malade et lui passa un mouchoir mouillé sur les lèvres.

— Voici miss Wace, la jeune fille dont je vous ai parlé, madame. On peut avoir toute confiance en elle. C'est une vraie lady et elle a beaucoup de bon sens. Je ne saurais trop vous la recommander.

Mrs Cuningham tourna vers Sylvia ses yeux noirs, brillants de fièvre et anormalement grands.

– Venez plus près, ma chérie, dit Mrs Bootle. Parler fort fatigue Mrs Cuningham.

Sylvia s'exécuta et resta tout près du lit, immobile et bouleversée par le regard de la malade. Le fort parfum qui flottait dans la pièce montait à la tête. Et les nombreux bouquets de fleurs disposés dans la chambre ne suffisaient certainement pas à répandre cette odeur obsédante. Enfin, Mrs Cuningham chuchota :

– Pourriez-vous me rendre un service ?

– Je ferai tout ce qui est en mon pouvoir pour vous satisfaire, répondit Sylvia, éperdue.

– Mon coffret, Bootle. Sur le secrétaire... souffla-t-elle.

Le docteur entra dans la pièce, un verre à moitié plein à la main.

– Buvez ceci... murmura-t-il. Vous vous sentirez mieux dans un instant.

Mrs Cuningham prit le verre avec une sorte d'impatience comme si elle était horrifiée d'être dérangée au moment où elle faisait un si énorme effort de concentration. Mais déjà, Mrs Bootle apportait un coffret en argent muni d'un gros fermoir.

– La clé, la clé... dit Mrs Cuningham d'une voix très faible en montrant du doigt la commode.

Le premier tiroir que Mrs Bootle ouvrit fut le bon. Elle prit la clé et ouvrit le coffret : il était rempli de papiers et de liasses de billets de banque.

Mrs Cuningham prit l'un des papiers, le tendit

à Sylvia et, la fixant de son regard fébrile, elle articula lentement :

— Voici l'adresse où je veux que vous conduisiez Lucy, ma fille, après ma mort. Ne prenez pas contact avec eux par avance. Emmenez-y simplement Lucy et demandez à voir Sir Robert Sheldon. Vous avez bien compris ?

— Oui, parfaitement.

— Ne vous laissez intimider par personne... Demandez Sir Robert Sheldon... et lorsque vous serez devant lui... dites-lui que vous lui amenez sa fille...

Haletante, elle laissa retomber sa tête sur l'oreiller et ferma les yeux. Sylvia craignait que l'effort ne lui ait été fatal quand elle la vit rouvrir les yeux, prendre une des liasses de billets rangées dans le coffret et la lui tendre.

— Voici de l'argent pour le voyage et... pour vous... Vous avez bien compris... vous devez laisser Lucy à son père, quoi qu'on vous dise, il faut la lui abandonner. Je ne laisse aucune fortune à ma famille... Je n'ai pris aucun autre arrangement pour elle. Leur ferez-vous bien comprendre cela... ?

— Oui, oui. Ne craignez rien.

— C'est tout ce que je veux que vous fassiez... Ah, encore un mot... Méfiez-vous, méfiez-vous de Lady Clementina... elle est mauvaise... cruelle... c'est elle qui...

Une crise de toux secoua subitement son pauvre corps d'une maigreur squelettique. Elle suffoquait quand un jet de sang jaillit de sa bouche et se répandit sur les draps. Mrs Bootle et le docteur se précipitèrent. La malade respirait par saccades et souffrait tant que le spectacle était insoutenable.

Sylvia s'écarta. Que pouvait-elle faire ? Elle serra l'adresse de Lord Sheldon et les billets de banque dans ses doigts crispés et sortit de la chambre.

Elle resta sur le palier, derrière la porte. Le cœur battant. Tout était si subit que les choses lui paraissaient irréelles. Comment aurait-elle pu refuser quoi que ce soit à cette femme à l'agonie ? Pourtant, elle se sentait bien inexpérimentée, pour accomplir ce qu'elle avait promis de faire. Enfin, après quelques minutes qui durèrent une éternité pour Sylvia, Mrs Bootle sortit de la chambre.

– Elle s'en va, la malheureuse, dit-elle de la voix calme et résignée d'une personne accoutumée à la mort. Je me demande où est passée cette satanée femme de chambre... Il me faut du lait tiède et de l'eau chaude.

– Et l'enfant ? demanda Sylvia. Est-ce que quelqu'un s'occupe d'elle ?

Mrs Bootle ne répondit pas. Elle traversa le palier et ouvrit brusquement la porte. La femme de chambre, à genoux devant une commode dont tous les tiroirs étaient ouverts, se retourna, l'air effaré. La pièce était jonchée de robes, jupons, bas et dentelles... et une vieille malle déjà à moitié pleine.

– On se prépare au départ ? demanda Mrs Bootle.

– C'est mon problème, répondit la femme, furieuse, en se levant d'un bond.

– Entendu. Mais cela vous ennuierait-il de servir votre maîtresse tant qu'elle est encore en vie ?

– Que veut-elle ? demanda la bonne d'un ton maussade.

— De l'eau chaude et du lait tiède.
— La cuisine ne fait pas partie de mon travail.
— Eh bien, trouvez quelqu'un pour les préparer et apportez-les à votre maîtresse. Et plus vite que ça !

Mrs Bootle parlait avec une telle autorité que la femme de chambre se précipita vers la porte.
— Voilà ce que cette pauvre Mrs Cuningham a dû supporter... Il faut croire que nous payons pour nos péchés d'une manière ou d'une autre.
— Que voulez-vous dire ? demanda Sylvia qui ne pouvait s'empêcher d'admirer les magnifiques vêtements répandus sur le sol.

Jusqu'ici, elle avait cru en effet, que ces dentelles, ces délicates broderies, ces robes de tulle transparent ou de satin brillant plus légères que la brume, ces incrustations de pierreries, ces manteaux de martre et de zibeline, ces étoles, ces chapeaux ornés de plumes, de fleurs, de violettes et de rubans... enfin que toutes ces splendeurs n'existaient que dans les contes de fées. Et elle les contemplait avec stupeur, se demandant comment une seule femme pouvait posséder autant de merveilles. Voyant son expression de ravissement, Mrs Bootle déclara d'un ton sec :
— La voilà bien avancée avec tout ça. Elle n'a pas plus de trente ans et sa vie est finie.
— Mais de quoi est-elle si malade, Mrs Bootle ? s'écria Sylvia.
— Je n'ai pas le temps de vous raconter sa vie maintenant. Plus tard, peut-être. En attendant, il faut nous occuper de la petite.
— Oui, vous avez raison.

Mais Mrs Bootle ramassa une robe noire gansée de satin et dont l'austérité était adoucie par un col de mousseline blanche.

– Elle est élégante, n'est-ce pas ?
– Magnifique...
– Et juste à votre taille, ma chérie, ajouta-t-elle en mettant la robe sous le menton de la jeune fille pour le vérifier.

Sylvia soupira d'envie et se le reprocha aussitôt. Pouvait-elle être aussi futile alors que sa mère venait de mourir et que dans la pièce voisine, Mrs Cuningham agonisait ?

– Où est Lucy ? demanda-t-elle. Je veux la voir.

Sans rien ajouter, Mrs Bootle laissa retomber la robe et la conduisit à la chambre de l'enfant.

– Elle est peut-être endormie, dit-elle en ouvrant la porte sans bruit.

La pièce était faiblement éclairée par la lumière vacillante d'une veilleuse.

– Qui est-ce ? dit une petite voix.
– C'est moi, Mrs Bootle !

Les deux femmes pénétrèrent dans la chambre où la sage-femme alluma la lampe.

– Voilà, on y voit plus clair ! Pourquoi ne dors-tu pas, Lucy ?
– Je n'y arrive pas. Maman est malade et Annie a peur. Je le sais parce que quand elle a peur, elle ne me parle plus.
– Eh bien, tu vas être gentille et tu vas t'endormir bien vite.
– Qui est-ce ? demanda l'enfant en regardant Sylvia.

Lucy avait trop de caractère et de distinction pour être jolie selon les critères habituels. À la différence de la plupart des enfants qui ont le visage rond, elle avait le menton carré, et des yeux sombres sous des sourcils bruns très marqués. Mais le plus étonnant était sa chevelure épaisse, bouclée et tombant de part et d'autre de son visage en abondantes boucles d'un roux chatoyant, presque fauve. En rehaussant la blancheur de sa peau et la fermeté de ses traits, ses cheveux donnaient à cette enfant quelque chose d'adulte qui impressionna Sylvia.

— Je suis Sylvia Wace, dit-elle en s'approchant du lit. J'ai promis à votre mère de m'occuper de vous... Il se peut que nous partions en voyage. Cela vous plairait-il ?

— Ira-t-on par le train ?

Sylvia fit un signe d'assentiment de la tête.

— Oh ! j'aime tant les trains !

— Moi aussi, assura Sylvia. Quel âge avez-vous, Lucy ?

— Six ans, presque sept.

— Eh bien, tu es une grande fille, intervint Mrs Bootle. C'est pourquoi tu vas dormir, maintenant. Et demain matin, nous nous occuperons du voyage.

— Je suis contente que vous soyez venue, Mrs Bootle, confia Lucy en remontant ses couvertures. Maman vous a réclamée toute la journée et Annie vous a cherchée partout...

— Tu vois, je suis venue. Je vais éteindre la lampe. Tu es prête ?

— Oui... Bonne nuit et n'oubliez pas le voyage en train...

Les deux femmes quittèrent la chambre et Mrs Bootle se tourna vers Sylvia.

— Eh bien ?

— Elle est adorable, répondit-elle en regardant le papier que lui avait donné Mrs Cuningham et où était écrite d'une écriture élégante, l'adresse de Sir Robert Sheldon : Sheldon Hall, Picton Fell.

– Où est Picton Fell ? ajouta-t-elle.
– Dans le nord du pays. Ce sera un long voyage.
– Mrs Bootle ! appela alors la voix du Dr Dawson.

La sage-femme se précipita dans la chambre de la malade.

Sylvia descendit dans le hall, s'assit sur un fauteuil et attendit Mrs Bootle. De là, elle pouvait voir, éclairé par les lampes du hall, ce qui devait être le salon. Les sièges y étaient recouverts de soie et les murs tapissés d'un papier aux délicats motifs bleu pâle et rose, ornés d'aquarelles dans des cadres dorés. Des porcelaines disposées avec goût sur la cheminée de marbre blanc complétaient ce décor d'un raffinement impressionnant pour une jeune fille qui avait vécu dans un intérieur des plus modestes. Sylvia songea que Mrs Cuningham devait être riche... Et si Lucy était la fille de Sir Robert Sheldon, pourquoi sa mère portait-elle le nom de Cuningham ? Et si Sir Robert était encore en vie, comment Mrs Cuningham avait-elle pu se remarier ? Était-il possible qu'elle ait divorcé ? Non... cette femme pleine de distinction et de finesse, à la voix si mélodieuse, n'avait pu se livrer à un acte aussi honteux... Mrs Cuningham avait dû être très belle. Cela se voyait, malgré les ravages de la maladie. Et ses robes ! En dépit de tous ses malheurs actuels, Sylvia ne pouvait s'empêcher de rêver à ces somptueux vêtements et à la vie qu'avait dû avoir la mère de Lucy... Et songeant à tout cela, elle frissonna de peur à la pensée de ce qui l'attendait.

Sir Robert Sheldon serait-il heureux de retrouver sa fille ? Savait-il que Mrs Cuningham était mourante ? Se doutait-il de ses dernières volontés ? Certainement pas, sinon il aurait été ici... Pourquoi la maîtresse de ces lieux, mourante, n'avait-elle voulu prévenir personne de ce qui lui arrivait, quand le Dr Dawson lui avait demandé qui avertir ? Tout était si confus...

La femme de chambre traversa le hall et monta au premier, portant un plateau et une bouilloire de cuivre remplie d'eau chaude. Maussade, elle n'eut pas un regard pour Sylvia qui entendit bientôt la voix du Dr Dawson, s'adressant à la domestique :

– Trop tard, dit-il. Votre maîtresse n'est plus...

3

Il y avait presque dix heures qu'elles étaient parties et le train roulait toujours. Lucy avait d'abord été très gaie, regardant le paysage avec une curiosité insatiable et s'exclamant devant tout ce qu'elle découvrait de nouveau. Maintenant, elle dormait, sa tête aux boucles foisonnantes sur l'épaule de Sylvia.

Dehors, la neige tombait en flocons serrés, recouvrant la campagne d'un épais linceul immaculé. Des passagers se lamentaient, craignant de manquer une correspondance et parlant de trains bloqués par la neige au nord du pays. Certains envisageaient la situation avec philosophie. Ils arriveraient avec un jour de retard, voilà tout. Sylvia ferma les yeux mais, bien que harassée, elle était trop anxieuse pour pouvoir s'endormir.

Trop de questions sans réponses la harcelaient.

Elle était revenue très tard chez elle, la veille, accompagnée de Mrs Bootle. Celle-ci était entrée, au grand soulagement de Sylvia qui redoutait de se retrouver brutalement seule pour veiller sa mère dans la maison vide.

Sylvia avait allumé la lampe et fait repartir le feu dans la cheminée du salon, tandis que Mrs Bootle attendait, debout dans sa cape couverte de neige.

– Ah ! on se sent mieux, avait dit la sage-femme en voyant danser les flammes. Et maintenant nous allons régler nos petites affaires, ma chérie.

Elle avait alors enlevé sa cape et posé sur la table le gros paquet qu'elle avait emporté de chez Mrs Cuningham. Puis elle l'avait ouvert et en avait sorti la robe noire qu'elle avait admirée chez la défunte, ainsi qu'un manteau également noir, un jupon blanc orné de dentelles et une robe du soir en soie mauve avec des manches en mousseline lilas transparente et un décolleté à ruches.

Médusée, Sylvia en était restée sans voix.

– Ça n'est pas tout ! avait alors déclaré Mrs Bootle.

Et elle avait brandi un chapeau noir, orné de plumes, de fleurs et d'un grand voile léger comme un nuage. Sylvia n'avait jamais vu de sa vie un chapeau plus ravissant. Elle qui était en plein drame, les nerfs à vif, avait eu des larmes d'émotion devant tant de merveilles.

– Tout cela devrait vous aller, avait tranquillement déclaré Mrs Bootle. Il faudra peut-être donner un point ici et là. Je crois que vous avez exactement la même taille que Mrs Cuningham.

— Mais... comment pourrais-je... enfin, c'est...
— Oui, je sais ce que vous pensez. Et vous avez tort ! La pauvre femme – Dieu ait son âme ! – serait heureuse que vous portiez ces robes, vous qui allez vous occuper de sa fille, plutôt que cette sale voleuse de femme de chambre. Je suis sûre qu'elle vous les aurait données elle-même si elle en avait eu le temps.
— Je ne pourrai jamais... Croyez-vous vraiment que...

Sylvia s'était approchée de la table pour caresser timidement l'étoffe de la robe mauve.

— Écoutez-moi, ma chérie, avait dit Mrs Bootle. Pour mener votre mission à bien, il vous faudra autant d'esprit que d'intelligence. Or, rien ne donne plus d'assurance à une femme que de se savoir belle et élégante. Ces superbes vêtements sortent de chez les meilleurs couturiers. Vous allez donc les porter et ne pas vous tourmenter. J'en aurais pris davantage si j'avais eu le temps. Seulement, je ne voulais pas que cette fille parle dans mon dos. Bien sûr, personne ne l'aurait crue mais on ne sait jamais.
— Pensez-vous qu'elle va emporter tout ce qui reste ?
— Pas si je mets mon nez dans cette affaire. Le notaire de Mrs Cuningham arrive demain. Le docteur a trouvé son adresse dans le coffret... Et dès que les hommes de loi sont dans les lieux, on ne peut plus rien toucher. Cette fille va l'apprendre ou je ne m'appelle plus Bootle !
— Mais supposez... qu'elle parle de ces vêtements-ci...
— Allez-vous cesser de vous faire du souci ? Si elle en parle, je m'en charge. L'important, c'est que vous soyez habillée comme une vraie

lady quand vous verrez Sir Robert Sheldon. D'ailleurs, vous devrez partir très tôt demain, vous n'aurez pas le temps de faire des courses avant votre départ.

– Il vaut mieux que je sois chez Mrs Cuningham avant que Lucy ne s'éveille, n'est-ce pas ? Elle sera terrifiée si elle se retrouve toute seule avec...

– Pauvre petite ! avait dit Mrs Bootle avec tendresse. Mais vous serez bonne avec elle, je le sais.

– Mrs Bootle... je voudrais savoir vous remercier, mais il n'existe pas de mots assez forts pour exprimer ma reconnaissance.

– Je sais, je sais... avait-elle grommelé pour cacher son émotion.

– Même s'il n'arrive rien après ce voyage et si, ayant laissé Lucy à Sheldon Hall, je reviens ici, j'aurai tout de même eu quelque répit avant d'aller chez oncle Octavius.

Et soudain, Sylvia avait imaginé la réaction de son oncle s'il avait su qu'elle acceptait les vêtements d'une jeune femme qui venait de mourir, et qu'elle partait pour un long voyage avant même que sa propre mère ne fût enterrée... Mais elle avait résolument chassé la véritable terreur qui avait menacé d'engloutir toutes ses forces.

– Mrs Bootle, avait-elle supplié, vous voulez bien me dire ce que vous savez sur Mrs Cuningham et... Sir Robert Sheldon ?

Mrs Bootle avait retiré sa cape et l'avait mise sur le dossier d'une chaise, devant le feu, pour qu'elle sèche. Puis elle s'était confortablement assise dans un fauteuil, avait défait les lacets de ses bottines, allongé ses jambes et présenté ses pieds nus à la chaleur des flammes en soupirant d'aise.

— Il y a deux ans que Mrs Cuningham est arrivée à Poolbrook, avait-elle commencé. Elle s'est tout de suite installée avec sa fille dans la maison que vous avez vue ce soir. Au début, tout le monde ne parlait que d'elle, on se demandait s'il fallait lui rendre visite ou non. Très vite, elle est tombée malade et quand le Dr Dawson m'a demandé d'aller la soigner, j'ai compris qu'il ne s'agissait pas d'une simple grippe. Elle m'a avoué qu'elle avait déjà fait deux séjours dans un sanatorium et qu'elle était à Poolbrook parce qu'on lui avait dit que l'air y était bon. Le Dr Dawson l'a alors examinée : elle avait les poumons sérieusement atteints. Elle savait d'ailleurs qu'elle n'avait plus qu'à espérer résister le plus longtemps possible. Mais je ne fus pas longue à découvrir que Mrs Cuningham n'avait pas envie de vivre. J'appris aussi qu'elle était en réalité la femme de Lord Sheldon qu'elle avait quitté pour s'enfuir avec un jeune gentleman du nom de Cuningham. Le couple avait passé plusieurs années en Europe, menant joyeuse vie. Mr Cuningham avait voulu l'épouser mais Lord Sheldon avait refusé de divorcer. Le jeune homme avait fini par retourner dans sa famille, devant la résolution d'un mari aussi cruel et rancunier. Mais c'était surtout sa belle-mère que Mrs Cuningham haïssait. Une certaine Lady Clementina d'une dureté inhumaine. La mère de Lucy affirmait qu'en fait, c'était à cause d'elle qu'elle était partie.

— C'est ce qu'elle essayait de dire au moment de sa mort ! s'était écriée Sylvia.

— Elle ne cessait de le répéter. C'était devenu

une véritable obsession. Les malades sont souvent ainsi, vous savez. Elle accusait même Lady Clementina de l'avoir encouragée à répondre aux avances du jeune Mr Cuningham. Ce qui est certain, c'est qu'elle est partie avec cet homme et qu'ils ont été heureux aussi longtemps que sa santé lui a permis de mener ce genre de vie. Lorsqu'elle est tombée malade, Mr Cuningham lui a donné assez d'argent pour vivre confortablement et ils se sont séparés. À mon avis, il s'est lassé d'elle lorsqu'il a compris qu'elle était malade... Abandonnée, elle a choisi de se laisser mourir. Dans son état, elle n'avait aucune chance de trouver un autre compagnon et elle savait qu'en raison de sa situation conjugale, personne ne souhaiterait la compter parmi ses relations.

– Et l'enfant ?
– Là est le mystère. Il me semble que Lucy est née après que sa mère eut quitté Sir Robert, mais Mrs Cuningham a toujours affirmé qu'elle était bien sa fille...
– Et si Sir Robert refuse de reconnaître Lucy comme sa fille ? s'était affolée Sylvia.
– Souvenez-vous des instructions de la défunte : vous devez laisser Lucy à Sheldon Hall quoi qu'il arrive.
– Oui, mais...
– Inutile de vous tourmenter à l'avance.

Mrs Bootle avait remis ses bottines.

– Maintenant, il faut que je rentre, avait-elle dit. Je ne puis rien vous dire de plus. Mettez-vous au lit et dormez aussi bien que vous le pourrez et demain matin, allez vite vous occuper de la petite. N'oubliez pas que votre oncle arrive dans la matinée...
– Vous êtes bien certaine, Mrs Bootle... avait

répondu Sylvia en fixant les magnifiques vêtements de Mrs Cuningham.

— Absolument. Vous y avez droit comme n'importe quelle autre femme. Portez-les dans votre chambre et demain, mettez cette robe noire. La première impression est importante. Allez, bonne nuit, ma petite. J'ai eu une rude journée et j'ai bien besoin de me reposer un peu.

— Bonne nuit, Mrs Bootle. Et merci encore.

Dans un mouvement impulsif Sylvia avait embrassé la sage-femme.

— Allons, allons, je n'ai fait que ce que toute chrétienne aurait fait dans des circonstances analogues, avait dit Mrs Bootle, visiblement touchée.

Au moment d'ouvrir la porte, elle s'était retournée vers la jeune fille.

— Vous n'avez pas peur de rester seule ici ?

— Non... Comment aurais-je peur de maman ? Il me semble seulement si étrange et terrible... de penser qu'elle ne m'appellera plus jamais auprès d'elle.

Avant de se coucher, Sylvia avait essayé les deux robes de Mrs Cuningham et, bien que le miroir de sa chambre fût très petit, elle avait pu voir que ces vêtements la transformaient totalement. Puis, obéissant à Mrs Bootle, elle avait essayé de dormir sans y parvenir et quand six heures avaient sonné, elle avait sauté du lit, s'était rapidement habillée et avait fait ses bagages.

Elle avait ensuite bu une tasse de thé et mangé quelques tartines beurrées. Enfin prête à partir, elle était allée faire ses adieux à sa mère. Elle n'avait éprouvé aucune réelle émotion sinon un irrésistible désir de se sauver, de rompre les derniers liens qui l'unissaient à un passé fait de dévouement et de pauvreté. Elle s'était penchée pour embrasser le front glacial de sa mère puis s'était agenouillée au pied du lit et avait essayé de prier malgré la nécessité de se hâter.

Il ne faisait pas encore jour lorsqu'elle était arrivée chez Mrs Cuningham et la petite Lucy avait été levée, habillée et ses affaires empaquetées en un temps record. Elle n'avait cessé de craindre l'arrivée de son oncle ou un événement imprévu qui ne compromette leur voyage, jusqu'à ce que le train démarre. Mais lorsque la silhouette de Mrs Bootle, faisant de grands signes sur le quai, avait disparu et quand Lucy, ayant mis sa main dans la sienne, avait dit : « J'aime bien voyager en train, et vous, miss Wace ? » Sylvia avait pensé qu'elle avait enfin franchi le pas, pour le meilleur ou pour le pire. Elle avait accepté la responsabilité de se charger de Lucy et avait pris cette décision sans consulter son oncle qui en serait horrifié. Avoir abandonné sa mère avant même qu'elle ne fût enterrée pour se lancer dans une telle aventure, voilà qui ne lui serait jamais pardonné. Sylvia le savait.

Mais elle s'en moquait. Elle avait brisé le joug qui l'avait retenue prisonnière toute sa vie. Tant que sa mère avait vécu, elle lui avait été fidèle. Mais maintenant qu'elle ne pouvait plus lui être d'aucune aide, c'était différent. En remettant les clés de la maison à Mrs Bootle, elle avait eu l'impression de se libérer de l'énorme poids de nombreuses années de misère. Et puis, sur le quai, au moment de partir, le courage lui avait manqué.

– Et si les choses tournaient mal ? avait-elle demandé d'une voix tremblante.

– Si jamais cela arrive, ma petite, avait

répondu Mrs Bootle, très calme, venez directement chez moi et nous affronterons votre oncle toutes les deux. Ne vous faites pas de souci et donnez-moi de vos nouvelles dès votre arrivée. Je serai déçue si je vous vois revenir. Je préférerais une lettre...

Sylvia, au bord des larmes, avait réussi à sourire.

– Je ferai de mon mieux pour vous épargner cette déception, avait-elle répondu en grimpant dans le train.

Maintenant, elle se demandait si elle avait bien fait. N'aurait-il pas été plus sage de voir d'abord le notaire de Mrs Cuningham ? Elle était cependant moins effrayée que la veille et elle savait pourquoi. Sa robe noire lui donnait une élégance et une dignité qu'elle n'avait jamais eues. Pour la première fois de sa vie, elle portait des vêtements qui lui seyaient et qui étaient en harmonie avec sa beauté. Lorsque sa tante lui reprochait d'être trop voyante et de se faire remarquer, cela venait de ce que ses robes tristes faisaient un trop grand contraste avec l'éclat de son teint et l'or de ses cheveux.

Aux regards admiratifs que leur lançaient les voyageurs, elle comprit qu'elle formait avec Lucy un couple hors du commun. L'enfant était vêtue avec le plus grand raffinement. Son petit manteau bleu, ses gants blancs et sa toque de castor accentuaient son charme exquis et soulignaient son allure aristocratique.

Elle était en train de se demander si ce voyage finirait jamais quand le train s'arrêta avec une brusque secousse et elle entendit les porteurs crier :

– Mickledon ! Tout le monde descend ! Tout le monde descend !

Ayant rassemblé leurs affaires, elle descendit sur le quai et s'adressa à un porteur.

– Nous allons à Picton Fell...

– Vous n'y arriverez pas cette nuit, madame ! Le dernier train pour Picton Fell est parti il y a près d'une heure.

– Mon Dieu ! Que faire ?

– Le prochain train part demain matin à cinq heures et demie.

– N'y a-t-il aucun autre moyen d'y parvenir ?

– Peut-être que Mr Robb, le patron de *L'Homme vert*, pourra vous trouver une voiture ? Le mieux est de le lui demander. Je m'occupe de vos bagages. *L'Homme vert* est là-bas, vous voyez ? De l'autre côté de la rue.

Prenant Lucy par la main, Sylvia traversa la rue plongée dans l'obscurité et couverte d'un épais tapis de neige, et se dirigea vers les lumières du pub.

C'était une vieille bâtisse. À droite du hall d'entrée, il y avait un grand salon avec une cheminée où dansaient les flammes d'un feu de bois. À gauche, le bar était bondé d'hommes bruyants. Sylvia hésitait, quand un homme en tablier blanc apparut. Les cheveux gris et le visage encadré de favoris, il n'était plus tout jeune. Il salua les voyageuses avec une jovialité pleine de respect.

– Que puis-je pour vous, madame ?

– À la gare, un porteur m'a dit que Mr Robb pourrait m'aider...

– Je suis Horatio Robb, pour vous servir !

– Nous voulions aller à Picton Fell par le train mais malheureusement nous avons manqué la correspondance. Comment pourrions-nous y parvenir ?

— À Picton Fell ! La route n'est pas très praticable à cette heure de la nuit. Et où allez-vous donc là-bas ?
— À Sheldon Hall.
— Sheldon Hall ! Je vais voir ce que je peux faire, madame, fit-il avec plus de respect encore. Si vous voulez bien prendre place près du feu, avec cette jeune lady... Désirez-vous quelque chose à boire ou à manger ?
— L'un et l'autre, s'il vous plaît. Nous voyageons depuis ce matin, très tôt.

Au salon, Sylvia débarrassa Lucy – maintenant bien réveillée – de son manteau. Dans la matinée, elle lui avait appris avec beaucoup de ménagements, la mort de sa mère. Aussi fut-elle très surprise d'entendre Lucy lui demander :
— Combien de temps maman sera-t-elle morte ? Retournerons-nous bientôt auprès d'elle ?
— Non, ma chérie, dit Sylvia avec douceur. Ta maman est allée près du Bon Dieu.
— Mais elle ne restera pas toujours avec lui ?
— Si, ma chérie.

Lucy réfléchit quelques instants puis elle dit :
— Mais vous allez rester avec moi, miss Wace, n'est-ce pas ? Si maman est partie, je ne veux pas me retrouver toute seule avec Annie... Je ne l'aime pas du tout !
— Annie ne s'occupera plus de toi. J'espère le faire à sa place. Et si ça n'est pas possible, une autre personne très gentille le fera.
— Qui ?

Un serveur les invitant à passer à la salle à manger tira Sylvia d'embarras. Un instant plus tard, elles dînaient de bon appétit et, bientôt, Mr Robb vint leur annoncer qu'il avait persuadé un de ses amis, propriétaire d'un attelage, de les conduire à Sheldon Hall.

— Je suis désolé, madame, mais il vous demandera une livre sterling. Les routes sont mauvaises... ça l'ennuie de sortir son cheval par ce temps.

— Je serai très heureuse de lui donner cette somme, répondit Sylvia. Et merci infiniment pour votre gentillesse.

— Il est allé chercher vos bagages à la gare. Je vous préviendrai dès qu'il sera de retour.

Leur repas terminé, Sylvia et Lucy s'en furent au salon où un jeune homme vêtu d'une manière extravagante s'approcha d'elles. Il avait de belles moustaches et un diamant étincelait à son petit doigt.

— Vous attendez le train de Londres ? demanda-t-il.

Sylvia fit un signe négatif de la tête et, pour ne pas lui faire affront, elle dit d'une voix neutre et aussi peu encourageante que possible :

— Non.

— C'est étonnant... Pardonnez-moi de vous livrer ainsi ma pensée, mais vous avez l'allure de quelqu'un qui va à Londres...

— Vraiment ? répondit-elle, distante.

Elle était très intimidée et ne savait comment se comporter.

— Oui, vraiment ! Seule une Londonienne peut être aussi élégante et jolie. Cette charmante enfant est votre fille ?

— Je m'occupe d'elle, murmura Sylvia en remarquant que l'étranger jetait un rapide coup d'œil à sa main gauche.

— Une jolie petite fille. Il y a des hommes

qui adorent les cheveux roux, mais moi je les préfère dorés et très longs.

Sylvia baissa la tête et, pour bien faire comprendre à l'inconnu qu'elle ne souhaitait pas poursuivre la conversation, elle se mit à parler tout bas à Lucy. Sans se laisser démonter, il continua à la regarder de façon insistante. Elle baissa les yeux, complètement déroutée :

— Écoutez, reprit-il plus bas, une beauté comme la vôtre ferait fureur à Londres. Supposons que vous gagniez votre vie en vous occupant de cette petite fille... Quel est votre avenir dans ce métier ? Dites-moi un peu ? Tandis qu'à Londres, on vous apprécierait à votre juste valeur et je ne serais plus le seul à le faire.

Sylvia se tourna vers son interlocuteur et, le regardant droit dans les yeux, dit d'une voix tranchante :

— Vos propositions ne m'intéressent pas.
— Peut-être pas aujourd'hui mais un jour... Qui sait ? fit-il avec un clin d'œil.

À ce moment, Mr Robb entra au salon et Sylvia se leva d'un bond.

— Mr Robb ! La voiture est prête ?
— Pas encore, madame.

Puis, devinant ce qui s'était passé, il jeta un regard sévère à l'homme.

— Mr Cuthbertson, vous êtes servi au bar.
— Allons, Robb ! Pas tant d'histoires ! s'écria l'homme. Je veux boire ici, près du feu, et je suis sûr que cette jeune lady ne refusera pas un verre. Un porto, miss... ?

— Ne soyez pas stupide. Cette dame va à Sheldon Hall, lui dit Robb à voix basse mais pas assez toutefois pour que Sylvia n'entende pas.

— Que dites-vous ? Pourquoi ne pas l'avoir dit

plus tôt ? s'affola-t-il avant de quitter la pièce.
– Je suis désolé, madame, dit Mr Robb en s'inclinant devant Sylvia.
– Sommes-nous loin de Sheldon Hall ? lui demanda-t-elle.
– Environ dix miles, madame. Tout le monde connaît Sheldon Hall, par ici.
– Et Sir Robert, vous le connaissez ?
– Oui, madame.
– Est-il chez lui en ce moment ?
– Certainement. Je l'ai vu rouler vers Picton Fell, il y a deux jours.

Sylvia avait l'impression qu'il lui cachait quelque chose. Pourtant, elle sentait que c'était un homme honnête et à qui on pouvait faire confiance.

Lorsqu'il la regardait, il y avait de la bonté dans ses yeux, mais aussi de la sympathie – et peut-être de la pitié ?

– Mr Robb ?
– Oui, madame.
– Si... si pour une raison quelconque je ne pouvais rester à Sheldon Hall, pourriez-vous me loger ?
– Mon humble demeure est à votre disposition, assura-t-il avant de quitter la pièce.

Sûre de s'être fait un ami en la personne d'Horatio Robb, elle se sentit étrangement soulagée. Si les choses tournaient mal, elle aurait au moins un refuge. Mais que pouvait-il lui arriver de si terrible ? Que craignait-elle au juste ?

– La voiture vous attend à la porte, madame, lui annonça l'aubergiste.

Lucy était presque endormie et Mr Robb tendit une couverture dont Sylvia l'enveloppa avant de

41

rejoindre l'attelage qui sentait le foin et la campagne.

— Roulez doucement, Joe. La visibilité n'est pas bonne, s'inquiéta Robb en les aidant à monter en voiture.

— Elles arriveront sans encombre. N'ayez aucun souci !

— J'ai mis un chauffe-pieds pour vous, madame, et une autre couverture, dit Robb à Sylvia.

Elle lui tendit la main.

— Merci. Je vous suis très reconnaissante pour tout.

Il lui serra la main avec chaleur et quand la voiture s'ébranla, il fit le salut militaire en criant :

— Bon voyage !

4

Sylvia sommeillait quand la voiture s'arrêta. Elle ouvrit les yeux, se pencha en avant et essuya la vitre de sa main gantée. Ils étaient arrivés au pavillon de garde à l'entrée du parc du château. Deux grandes grilles en fer forgé, flanquées de lions de pierre portant les armoiries des Sheldon, se dressaient dans la nuit, à peine éclairées par la lune. La voix du cocher, demandant qu'on ouvre les grilles, résonna dans le silence, puis la tache blanche d'une lanterne apparut et s'approcha.

Sylvia redressa Lucy qui, blottie contre elle, dormait profondément.

— Il faut te réveiller, ma chérie. Nous arrivons.

– Où sommes-nous ? Il ne fait pas encore jour ?

– Non, il fait nuit. Tu ne t'es pas encore couchée...

Lucy se mit à rire, du rire spontané des enfants.

– Je me croyais au lit !

Sylvia se pencha pour l'embrasser. Elle avait soudain le besoin urgent d'un contact humain pour se rassurer, calmer cette immense peur qui l'étreignait avant que le sort de Lucy – et peut-être aussi le sien – ne se joue.

La voiture repartit. Sylvia arrangea son joli chapeau et recoiffa Lucy, remit sa toque en place, lui passa ses gants tandis que l'enfant, tout excitée, essayait de voir à travers la vitre embuée.

– Où est la maison, miss Wace ? Je ne vois que des arbres...

– Nous sommes encore dans l'allée, ma chérie, dit Sylvia en apercevant une rangée de vieux chênes aux branches chargées de neige.

– Oh ! Nous sommes arrivées... Voici le château ! cria soudain Lucy.

Sylvia se pencha et émerveillée, elle contempla Sheldon Hall. À la lumière de la lune, d'innombrables fenêtres scintillaient sur son impressionnante façade ornée de six énormes colonnes avec, au milieu, un large et majestueux escalier de pierre.

Enfin l'attelage s'arrêta au pied du grand escalier et Sylvia entendit le pas lourd de Joe qui montait les marches. Après avoir agité la cloche, il redescendit rapidement pour ouvrir la porte de la voiture.

– Vous voici arrivée, miss. Saine et sauve ! Je vais décharger vos bagages.

Tandis que Sylvia remerciait et payait Joe, la porte du château s'ouvrit et une lumière dorée se répandit sur les marches. Elle descendit de la voiture et, tenant Lucy par la main monta l'escalier.

Un homme aux cheveux blancs les accueillit.

– Bonsoir, dit-elle. Je voudrais voir Sir Robert Sheldon.

Surpris, le maître d'hôtel hésita avant de demander :

– Sir Robert vous attend-il, madame ?

– Non, mais je veux le voir.

Et elle entra avec Lucy dans le hall, une immense pièce lambrissée et éclairée par des centaines de bougies.

– Si vous voulez bien attendre un instant, madame. Je vais voir si Sir Robert peut vous recevoir, dit le maître d'hôtel après avoir refermé derrière lui.

La jeune fille et l'enfant s'approchèrent du feu de bois qui crépitait dans la cheminée, tandis qu'il traversait le hall, s'arrêtait un instant devant une porte puis l'ouvrait. Aussitôt, on entendit des éclats de rire et des voix masculines.

Par la porte entrouverte, Sylvia aperçut une table recouverte d'une nappe blanche et encombrée de vaisselle d'argent. Et soudain, un profond silence se fit, vite rompu par une forte voix d'homme :

– Une femme et un enfant veulent me voir ? Nom d'un chien, que voulez-vous dire, Bateson ?

Un convive, qui avait à l'évidence un peu trop bu, plaisanta :

– Certaines graines semées dans le passé auraient-elles poussé jusqu'à vous, Robert ?

– Faites-les entrer, ordonna la voix puissante.

Des rires moqueurs parvinrent à Sylvia qui écoutait, apeurée. Mais lorsqu'elle vit approcher le maître d'hôtel, la colère monta en elle – une colère inspirée par un orgueil qu'elle ne se connaissait pas.

– Voulez-vous avoir l'obligeance de me suivre, madame...

Dans l'attitude impassible du maître d'hôtel, elle perçut une pointe d'impertinence qui ne fit qu'aviver sa rage.

– Demandez à Sir Robert de bien vouloir venir jusqu'ici, dit-elle avec une autorité qui la surprit.

Bateson s'inclina légèrement et s'éloigna.

Lucy commençait à s'impatienter. Elle ne cessait de remuer et de tirer sur ses gants. Mais Sylvia était trop tendue, en cet instant décisif, pour s'en soucier. Elle n'avait d'yeux que pour l'homme, grand et à l'allure arrogante, qui marchait à grands pas vers elle.

– Vous voulez me voir ?

Sa voix était claire et tranchante, et son visage exprimait un indomptable orgueil.

– Oui, dit-elle d'un ton calme. Je vous ai amené votre fille.

Et, soulevant la toque de Lucy, elle libéra sa chevelure aussi rousse que celle de Sir Robert.

Ce dernier resta immobile et imperturbable mais Sylvia avait la certitude qu'il n'aurait pas été moins stupéfait si elle avait tiré sur lui avec un pistolet.

Le père et la fille se regardèrent. Leur ressemblance était saisissante. Leurs cheveux de feu, leurs yeux sombres, leur mâchoire carrée, leurs sourcils très marqués, leur teint pâle... étaient exactement semblables. La scène était poignante et Sylvia, bouleversée, avait l'impression que ce terrible silence ne finirait jamais quand Lucy demanda de sa petite voix d'enfant :

— Allons-nous rester dans cette grande maison ?

Sir Robert se tourna vers Sylvia.

— Qui est cette enfant ? D'où venez-vous ?

— Sa mère, que je connaissais sous le nom de Mrs Cuningham avant d'apprendre qu'elle était Lady Sheldon, m'a priée de vous l'amener, répondit-elle très vite.

Sir Robert demeura de marbre, impénétrable.

— Où est-elle maintenant ? s'enquit-il sur un ton froid.

— Elle est morte hier.

Il regarda Lucy qui leva ses grands yeux vers lui.

— Quel âge as-tu ?

— Six ans, presque sept.

— Sais-tu le jour de ton anniversaire ?

— Le neuf avril, j'aurai sept ans.

— Bateson ! cria Sir Robert.

Le maître d'hôtel apparut, comme par magie, d'un coin obscur du hall.

— Madame est-elle éveillée ?

— Oui, Sir Robert.

— Alors conduisez ces ladies à ses appartements.

Il regarda Sylvia avec une expression énigmatique mais où elle lut quelque chose qui n'était pas de l'indifférence. Puis, d'un ton guindé, comme s'il se forçait à être poli, il dit :

— Veuillez m'excuser.

Et, tournant le dos, il s'éloigna.

— J'ai soif, miss Wace, gémit Lucy.

— Tu vas boire dans un instant, ma chérie.

– Voulez-vous me suivre, miss ? dit Bateson avec une condescendance déplaisante.

Ils montèrent un large escalier de chêne et longèrent des couloirs... Partout, de grands tableaux aux cadres dorés se détachaient sur les boiseries, d'épais tapis recouvraient le sol, les fauteuils et les chaises aux dossiers hauts étaient recouverts de soie et de riches tapisseries décoraient les murs.

Bateson s'arrêta enfin devant une porte, frappa et l'ouvrit sans attendre de réponse.

– Entrez, miss, s'il vous plaît.

Sylvia et Lucy – qui lui serrait la main de toutes ses forces – découvrirent alors une vaste pièce au centre de laquelle se dressait un imposant lit à baldaquin aux rideaux de brocart bleu, surmonté de grandes plumes d'autruche. Une vieille femme était installée, adossée à une pile d'oreillers. Elle semblait toute petite dans ce cadre impressionnant éclairé par deux candélabres d'argent placés de chaque côté du lit.

– Qui sont-elles ? Que veulent-elles ?

– J'exécute les instructions de Sir Robert, madame. Ces ladies viennent d'arriver.

– À une heure pareille ?

Elle se pencha en avant et les scruta du regard.

– Approchez ! Qui êtes-vous ? D'où venez-vous ?

Sylvia et Lucy s'avancèrent craintivement. Le visage de la vieille dame était ridé et elle les observait de ses petits yeux noirs perçants, d'un air que l'étonnante épaisseur de ses boucles grises rendait plus redoutable encore. Lady Clementina portait une cape de zibeline sur ses maigres épaules et trois rangs de perles fines entouraient son cou fripé. À ses doigts squelettiques, plusieurs diamants rivalisaient d'éclat avec ceux du lourd bracelet qui scintillaient à son poignet.

Sylvia, terrifiée, réalisa que cette femme qui, de loin, semblait si fragile, était en réalité une sorte de monstre de vitalité. On comprenait à sa voix dure et sèche qu'elle était incapable de pitié, tant pour autrui que pour elle-même, et qu'elle devait toujours parvenir à ses fins.

– Expliquez-moi votre présence ici ! ordonna-t-elle.

– Voici Lucy, dit Sylvia en tremblant. Sa mère, que je connaissais sous le nom de Mrs Cuningham, m'a demandé avant de mourir, hier, de la confier à son père.

– Quelle bonne petite surprise, n'est-ce pas ? fit Lady Clementina avec une ironie mauvaise et, se tournant vers le maître d'hôtel :

– Cessez d'essayer d'écouter, Bateson, et allez chercher Nannie !

– Bien, madame.

Puis, baissant la voix, Lady Clementina poursuivit :

– Ainsi, Alice est morte... J'ai toujours pensé qu'elle ne vivrait pas longtemps. Ce qui m'étonne, c'est cette enfant. Je la croyais incapable d'en avoir. Mais il n'y a aucun doute possible, celle-ci est bien de Robert.

– Cela ne fait aucun doute, n'est-ce pas ? dit la voix glaciale de Lord Sheldon.

Sylvia sursauta et, se retournant, elle le vit émerger de l'ombre, grand, très beau et terriblement arrogant.

Lady Clementina éclata d'un rire strident et discordant.

– Vous ne pouvez renier ces cheveux-là, Robert ! Alice a eu sa revanche. Nous ne pouvons

que nous réjouir que ce ne soit pas un garçon.
— J'aurais pourtant cru que cela aurait réglé vos problèmes ? répondit-il d'un ton cinglant en se plantant devant la cheminée, le dos au feu.
— Si Alice avait eu un fils, il n'aurait certainement pas convenu à Sheldon Hall.
— N'avez-vous pas inlassablement répété qu'Alice ne pouvait avoir d'enfant ? Eh bien, vous vous êtes trompée !

La mère et le fils échangèrent un regard étrange, à la fois complice et haineux.
— Je suis fatiguée, j'ai soif. Miss Wace... rentrons à la maison ! pleurnicha alors Lucy.

Sylvia se mit à genoux et serra la petite fille contre elle en regardant Lady Clementina.
— Nous nous sommes levées très tôt, ce matin, dit-elle. Pourrais-je mettre Lucy au lit ?
— Il est tard pour cette enfant ! N'importe quel imbécile s'en apercevrait. Mais où est Nannie ?

On frappa à la porte.
— Entrez, entrez, cria Lady Clementina et, voyant la nurse :
— Ah ! Vous voilà, Nannie. Je suppose que Bateson vous a déjà tout expliqué. Mettez cette enfant au lit. Miss...
— ... Wace, intervint Sylvia. Sylvia Wace.
— ... vous accompagnera. Qu'elle revienne ici, ensuite. J'ai plusieurs questions à lui poser.

La nurse était une femme d'environ soixante ans, au visage rond et souriant. Avec sa forte poitrine et son corps dodu, elle semblait faite pour câliner les bébés. « Voilà le premier être humain que je vois dans ce château », pensa Sylvia en la suivant, Lucy dans les bras, le long d'interminables corridors. Bientôt, la petite fille fut couchée – et endormie.

— Je vais veiller sur elle, dit la nurse. Madame veut vous voir.

Sylvia éprouvait une affection spontanée pour cette Nannie. Elle était sûre qu'on pouvait lui faire confiance.

— J'ai élevé Sir Robert, continua Nannie. Et j'aurais reconnu cette fillette comme son enfant entre mille. Vous lui couperiez les cheveux tout courts, ce serait Sir Robert petit garçon ! Il était si mignon...

Songeant qu'il avait bien changé en grandissant, Sylvia réalisa combien il lui faisait peur. « Est-ce parce que ce milieu est trop nouveau pour moi ? » se demanda-t-elle. Non, il y avait une autre raison. Lady Clementina et son fils avaient quelque chose de mystérieux et de sinistre, et elle était terrorisée à l'idée de devoir les affronter à nouveau. Elle se recoiffa et suivit Nannie dans le labyrinthe des couloirs du château jusqu'à la chambre de Lady Clementina.

— Frappez, dit la nurse avec un bon sourire. Tout ira bien.

Elle frappa et attendit. Pas de réponse. Elle allait repartir quand la porte s'ouvrit brusquement.

— Il m'a semblé entendre frapper... dit Sir Robert. Mère, miss Wace est ici.

— Qu'elle entre. Vous avez été longue. Nannie pouvait très bien se passer de vous pour coucher la petite.

— J'ai préféré le faire moi-même. Lucy aurait pu me réclamer.

Lady Clementina répondit par une sorte de grognement et, de sa main baguée, désigna une chaise à côté du lit :

— Asseyez-vous.

Sylvia obéit avec l'impression d'être une bonne soupçonnée d'un larcin. Sir Robert reprit sa position devant le feu.

— Maintenant, dit Lady Clementina, il faut tout nous raconter.

Sylvia s'exécuta de façon aussi cohérente et laconique que possible.

— Il l'a donc abandonnée ! s'écria la vieille dame en regardant son fils avec une espèce de jubilation.

— Je le savais, répondit Sir Robert.

— Et vous ne me l'avez pas dit ? glapit-elle. Pourquoi ?

— Parce que je m'attendais à apprendre la nouvelle d'Alice elle-même. C'est un ami de la famille de Bertram qui m'en a informé. Il m'a simplement dit qu'il était revenu chez lui.

— Et si Alice vous avait écrit ?

— J'aurais peut-être été tenté de lui demander de revenir.

— Vous avez toujours été ridiculement sentimental. Cette femme vous a quitté lorsqu'elle n'a plus eu besoin de nous !

— Reconnaissez qu'elle a eu l'honnêteté de me rendre ma fille.

— Que pouvait-elle faire d'autre ? Vous n'imaginez pas que Mr Cuningham aurait accepté de se charger d'elle !

— Lucy est ici et j'en suis heureux.

— Je me demande pourquoi !

— Il se peut qu'elle apporte un peu de vie et de gaieté dans cette triste demeure, dit Sir Robert d'un ton railleur, avant de se tourner vers Sylvia. Je vous suis reconnaissant d'avoir amené ma fille jusqu'ici, miss Wace, et j'espère que vous pourrez rester quelque temps auprès d'elle.

– Merci, murmura Sylvia, craignant de trahir sa joie si elle en disait davantage.

En voyant Nannie – au château depuis si longtemps et si efficace – , elle avait désespéré de pouvoir être engagée. Les Sheldon n'avaient aucune raison de lui préférer une inconnue et Lucy n'avait pas besoin de deux nurses...

– Miss Wace a peut-être d'autres projets, déclara sèchement Lady Clementina.

– Je serais si heureuse de ne pas quitter Lucy tout de suite... insista timidement Sylvia en regardant Sir Robert.

– J'espère que vous vous sentirez chez vous ici, répondit-il. D'ailleurs, ma mère vous dira elle-même quelle heureuse famille nous formons à Sheldon Hall, ajouta-t-il avec un regard sarcastique pour Lady Clementina.

5

Sylvia s'éveilla surexcitée : elle était au seuil d'une nouvelle vie.

Elle s'assit sur son lit, rejeta en arrière ses longs cheveux et sautant du lit, courut à la fenêtre et ouvrit les rideaux.

Le parc du château, traversé par la grande allée bordée de chênes, était tout blanc de neige. Sur la gauche, un lac avait gelé et sa population de canards et de cygnes allait et venait sur la glace, désorientée car l'eau familière avait subitement disparu. Un petit temple grec se dressait au bord du lac et Sylvia le contempla avec émerveillement et émotion : elle allait vivre quelque temps parmi tant de beautés ! Brusquement, elle s'inquiéta pour Lucy. La porte qui communiquait avec la chambre de la fillette était entrouverte. La veille, en découvrant le luxe de ces deux pièces très vastes au splendide mobilier d'acajou et aux riches tentures, Sylvia avait eu le sentiment que Lucy était le seul lien qui lui restait avec le monde extérieur. Et craignant qu'elle ne s'éveille pendant la nuit, elle avait laissé la porte de communication entrebâillée et avait déplacé son lit pour garder les yeux sur elle, même dans son sommeil.

Puis elle s'était couchée et, presque aussitôt, avait sombré dans un profond sommeil. Au milieu de la nuit, elle s'était réveillée en sursaut et avait eu un moment d'angoisse, ne sachant plus où elle se trouvait. Le feu qui se mourait dans la cheminée faisait briller faiblement la dorure des cadres et les miroirs biseautés tandis que l'ombre d'une grande armoire dessinait des monstres au plafond. Soudain, elle avait entendu la porte s'ouvrir. Son cœur s'était mis à battre follement et la peur l'avait clouée sur place. Alors, elle avait vu Sir Robert, un chandelier à la main, se pencher sur sa fille et l'observer longtemps avec une bouleversante intensité. Et Sylvia, n'osant respirer, avait regardé le séduisant profil de cet homme, et elle l'avait trouvé beau. Puis la bougie avait tremblé dans la main de Sir Robert et il était sorti sans bruit. Elle songeait à cette scène secrète quand la voix de Lucy interrompit sa rêverie.

— Vous êtes réveillée, miss Wace ? Je peux me lever ?

Un peu plus tard, tandis que Sylvia habillait Lucy, Nannie frappa à la porte. Surprise de les trouver presque prêtes, elle s'excusa de ne pas être venue plus tôt, mais elle avait craint de les réveiller.

— Nous prendrons le petit déjeuner dans ma chambre, ajouta-t-elle.

Sylvia fut enchantée de ne pas devoir affronter Sir Robert à une heure aussi matinale.

Après le petit déjeuner, Sylvia et Lucy allèrent explorer le parc. Elles marchaient, toutes joyeuses, quand Sir Robert apparut, chevauchant dans la neige avec deux grands chiens bondissant à ses côtés.

— Oh ! le beau cheval, s'écria Lucy lorsque son père fut à portée de voix. Aurai-je un poney, bientôt ? Maman m'en a promis un !

— Pourquoi pas ? répondit Sir Robert. Bonjour, miss Wace. Avez-vous bien dormi ?

— Très bien, je vous remercie, répondit Sylvia en rougissant.

— Si nous allions voir les chevaux aux écuries ? proposa-t-il à Lucy.

— Oui, oui, tout de suite ! s'écria la fillette en battant des mains.

— Et que dirais-tu d'y aller à cheval avec moi ? Aurais-tu peur ?

Lucy fit non de la tête.

— Pouvez-vous la soulever jusqu'à moi ? demanda-t-il à Sylvia.

Celle-ci prit Lucy dans ses bras et Sir Robert la saisit et l'installa devant lui.

— Je la ramènerai au château, miss Wace, dit-il en s'éloignant.

Sylvia revint sur ses pas avec le sentiment un peu douloureux d'avoir été écartée. Elle leva les yeux vers Sheldon Hall qui, à la lumière du jour, avait perdu son aspect féerique tout en restant aussi imposant. C'était une construction colossale avec ses deux dômes symétriques et ses terrasses qui, de chaque côté, descendaient par paliers vers les jardins à la française. La jeune fille marcha jusqu'aux limites du parc, là où commençait la lande. Derrière le château, des collines, blanches de neige, se découpaient sur le pâle ciel d'hiver. Aucune autre habitation n'était visible alentour et Sylvia mesura l'extrême solitude de Sheldon Hall. C'était, bien sûr, une magnifique résidence, se dit-elle, mais qu'elle ne pourrait jamais aimer... Comme si la mort elle-même rôdait dans les longs couloirs silencieux et les nombreuses pièces vides et froides. Mais qu'allait-elle penser là ? C'était absurde.

Elle entra dans Sheldon Hall par la grande porte. En dépit du feu d'enfer qui flambait dans la cheminée, le hall était froid et peu accueillant. Comme elle était seule et inoccupée, elle fit le tour des portraits d'ancêtres qui ornaient les panneaux de chêne. Tous étaient beaux, particulièrement les hommes, et presque tous avaient les cheveux roux.

Sylvia s'attarda devant un tableau qui représentait « Sir Hugh Sheldon », comme il était précisé sur le petit carton accroché au-dessus de la toile.

– Le père de Sir Robert, miss, dit une voix derrière elle.

– Oh ! Vous m'avez fait peur ! s'écria Sylvia en se retournant et en reconnaissant Bateson. J'allais monter, ajouta-t-elle comme si elle devait se justifier d'être en ce lieu.

– Rien ne presse, miss, répondit-il d'un ton doucereux. Votre relation avec Madame explique tout à fait votre intérêt pour la famille Sheldon.

Il y avait tant d'impudence dans la voix du

maître d'hôtel que Sylvia s'éloigna sans répondre, la tête haute.

Mais dès qu'elle fut sur le palier, elle se mit à courir pour rejoindre la chambre de Nannie.

Celle-ci cousait devant le feu.

– Alors ? Bonne promenade ? demanda-t-elle en levant la tête. Mais... où est miss Lucy ?

– Nous avons rencontré Sir Robert. Il l'a emmenée visiter ses écuries.

– Quel bonheur ! s'exclama la vieille femme. Ah ! je suis contente, très contente.

– Elle avait l'air ravie d'être avec son père, dit Sylvia. Lucy n'est pas une enfant timide.

– Madame, la mère de Lucy, avait beaucoup d'assurance. Il n'est pas étonnant que sa fille en ait aussi, mais je craignais que Sir Robert...

Elle s'interrompit comme si elle craignait d'en dire trop et Sylvia eut envie de lui raconter la visite nocturne de Sir Robert à sa fille. Puis elle se ravisa, se disant que ce serait trahir le secret du père.

– Vous aimez miss Lucy ? demanda Nannie.

– Pour vous dire la vérité, répondit Sylvia en s'asseyant sur une chaise, je ne la connais que depuis deux jours. Il m'a semblé inutile de le dire à Lady Clementina et Sir Robert.

– Mais vous aimeriez rester auprès d'elle ?

– Oui, beaucoup. J'ai besoin de gagner ma vie.

– Je le pensais... Puisque vous avez été franche avec moi, miss Wace, je le serai avec vous. À mon avis, il serait préférable pour miss Lucy que vous restiez ici. Je suis trop âgée pour une jeune enfant. Il lui faut quelqu'un de jeune et de dynamique comme vous. Évidemment, mon opinion ne compte pas. D'autres personnes dans cette maison peuvent voir les choses autrement.

— Vous voulez parler de Lady Clementina...
— Je ne cite pas de nom. Mais si vous voulez rester, il faut être très prudente. Ça ne sera pas facile.

Un peu plus tard, Bateson leur amena Lucy, toute rouge d'excitation.

— Je suis montée à cheval toute seule ! Vraiment toute seule, miss Wace ! s'écria-t-elle. Et j'aurai un poney dès que la neige aura fondu, et je sortirai tous les jours !

— Ce sera merveilleux, répondit Sylvia en souriant.

Elle changea l'enfant pour le déjeuner et lui mit une jolie robe de mousseline au col de dentelle.

Une femme de chambre vint alors annoncer que Lady Clementina voulait voir la jeune fille et l'enfant; un moment plus tard, elles entraient dans la chambre de la vieille lady. Bien que la journée soit claire et malgré les rideaux ouverts des trois grandes fenêtres, la pièce était sombre, triste et sentait le renfermé.

À la lumière du jour, si faible fût-elle, Lady Clementina était encore plus effrayante avec ses énormes bijoux et les rides profondes qui sillonnaient son visage.

— Approchez ! ordonna-t-elle. Pourquoi n'êtes-vous pas venues me voir ce matin ?

— Je suis désolée, s'excusa Sylvia. J'ignorais que vous vouliez voir Lucy.

— Lucy doit savoir que sa grand-mère souhaite la voir tous les matins. Compris ?

— Êtes-vous ma grand-mère ? demanda Lucy, interloquée. Je n'en savais rien...

— Vraiment ? Eh bien, vous le savez maintenant. Que pensez-vous de cette maison ?

— Je la trouve merveilleuse, répondit l'enfant. Et je vais avoir un poney pour moi toute seule !

— Qui vous a dit cela ? répliqua sèchement Lady Clementina.

— C'est...

Lucy se tourna vers Sylvia, ne sachant comment s'expliquer.

— C'est ton père qui te l'a promis, dit la jeune fille d'une voix douce.

— Mon père ?

L'enfant parut déconcertée un instant, puis elle demanda :

— Dois-je l'appeler... papa ?

— Je crois que oui... Ça serait plus gentil, répondit Sylvia.

Mais relevant les yeux, elle croisa le regard perçant de Lady Clementina.

— Ainsi tout est déjà arrangé ?

— Il me semble que oui, répliqua-t-elle, comme si Lady Clementina ne faisait allusion qu'à la promesse d'un poney.

— Et vous, miss Wace, qu'avez-vous décidé ? Vous avez des projets, j'imagine ?

Sylvia respira profondément.

— Après ce qui a été dit hier soir, j'espère pouvoir rester ici et m'occuper de Lucy.

— C'est une possibilité qu'il convient d'étudier. Avez-vous de la famille ?

— Ma mère est morte... et j'ai absolument besoin de trouver un emploi...

— Et le rôle de gouvernante à Sheldon Hall vous conviendrait ?

— J'aimerais beaucoup remplir cette fonction...

— Il faut discuter des conditions. Le salaire, par exemple. Je crains, miss Wace, que vous ne soyez beaucoup trop chère pour nous, si j'en juge à votre toilette.

Sylvia sentit le sang lui monter au visage.

– Peut-être devrais-je m'expliquer à ce sujet, répondit-elle. Lucy... va retrouver Nannie, ma chérie. Tu connais le chemin, n'est-ce pas ?

– Oui, miss Wace, je m'en souviens. Au revoir, grand-mère.

Lorsque Lucy fut sortie, Sylvia regarda Lady Clementina qui la fixait en silence, comme un rapace guettant sa proie.

– Vous voulez savoir d'où viennent mes vêtements ? dit-elle enfin d'un air de défi. C'est très simple. Ma mère est morte le même jour que Mrs Cuningham. Comme je n'avais pas le temps de me procurer des vêtements de deuil avant de conduire Lucy ici, on m'a donné cette toilette.

– Ma belle-fille ?

– Non, la personne qui la soignait. Mais cette robe appartenait à votre belle-fille.

Lady Clementina se laissa retomber sur ses oreillers.

– C'est bien, miss Wace. Je suis contente que vous m'ayez dit la vérité. J'étais très intriguée, mais enfin, on voit rarement une jeune personne briguer un poste de gouvernante dans une robe de chez Worth. Ce sera tout pour l'instant. Nous parlerons plus tard de votre emploi possible ici.

Sylvia sortit et resta un instant immobile dans le couloir, le cœur battant et le front moite. Lady Clementina l'avait humiliée avec un plaisir sadique et elle aurait tout donné pour quitter ce château sur le moment.

De retour dans sa chambre, elle eut l'impression qu'on y avait pénétré pendant son absence. La porte de la penderie était mal fermée et, en l'ouvrant, elle s'aperçut qu'on avait touché à ses vêtements. Sur la robe mauve, la griffe du fournisseur de la Couronne avait été mise en évidence... Quelqu'un l'avait-il sortie et portée jusqu'à la chambre de Lady Clementina ? Oui. Et voilà pourquoi la vieille dame lui avait posé ces questions. Pour quelle raison l'espionnait-on ? Cette châtelaine était-elle une sorte d'araignée qui prenait dans sa toile tous ceux qui se risquaient dans ses murs ? Mrs Cuningham l'avait prévenue. Nannie aussi...

Sylvia referma la porte de la penderie. Ce qui lui arrivait était incompréhensible. Effrayant. Mais si elle n'était pas engagée, que deviendrait-elle ?

Elle irait chez oncle Octavius... Et elle redoutait bien davantage ses cousines et sa tante que Lady Clementina et Sir Robert.

Réprimant son envie de pleurer, elle ouvrit la porte et courut rejoindre Lucy dans la chambre de Nannie.

La vieille nurse lui confirma la toute-puissance arbitraire de Lady Clementina sur le château et ses habitants depuis plus d'un demi-siècle. Elle ajouta que personne n'avait jamais osé lui tenir tête.

— Pas même son mari ? demanda Sylvia en pensant au portrait de ce très bel homme qu'elle avait vu dans le hall.

— Sir Hugh l'idéalisait quand ils étaient jeunes. Plus tard...

Nannie s'interrompit et reprit son raccommodage d'un air gêné.

— Plus tard... ? insista Sylvia.

— Je parle trop, répondit Nannie. Tout cela appartient au passé.

– J'ai l'impression qu'un mystère entoure Lady Cle...

– Sir Robert voudrait vous voir dans son bureau, miss, l'interrompit Bateson qui était entré sans frapper.

– Je me demande ce qu'il veut, dit-elle tout bas, puis, voyant l'expression réjouie de Bateson, elle se dit que ce devait être une mauvaise nouvelle pour elle.

Elle avait maintenant la certitude que Bateson la détestait tout autant que Lady Clementina. Il semblait l'observer, l'espionner à tout moment. Où qu'elle fût, à l'exception des pièces qui lui étaient réservées ainsi qu'à Lucy, elle trouvait le maître d'hôtel.

Sylvia passa devant lui sans le regarder et le précéda dans les couloirs jusqu'à la porte de la bibliothèque. Là, elle s'arrêta et attendit qu'il l'ouvrît. Il s'exécuta et avec un curieux petit sourire, annonça :

– Miss Wace, Sir Robert !

En entrant dans la pièce, Sylvia ne vit d'abord que Sir Robert qui se levait de son fauteuil, puis, en découvrant l'homme assis à ses côtés, la stupeur lui coupa le souffle. Vêtu du sombre costume d'ecclésiastique, oncle Octavius fronçait les sourcils, ses mains potelées croisées sur son gros ventre.

– Surprise de me voir, ma chère nièce ?

– Oui... Oh oui... Je ne pensais pas que vous viendriez aussi loin du... du presbytère...

– Rien n'est trop loin lorsqu'il s'agit d'accomplir son devoir et d'obéir à sa conscience. Mon voyage a été long et pénible mais j'étais prêt à ce sacrifice dans votre intérêt...

– Dans mon intérêt ?

— Certainement. J'ai été fort étonné de ne pas vous trouver au chevet de votre chère maman, et horrifié d'apprendre que vous aviez quitté Poolbrook le matin même.

— Oncle Octavius... Je croyais que vous comprendriez...

— Comprendre quoi ? Que vous avez préféré aider une étrangère plutôt que d'enterrer votre mère ? Que vous avez suivi vos désirs au lieu de respecter les règles élémentaires de la décence et du respect humain ? Mais j'ai tout expliqué à Sir Robert. Un attelage nous attend devant la porte. Allez chercher vos bagages.

— Mes bagages ? Mais vous voulez...

— Oui, dit son oncle, excédé. Votre tante qui a si grand cœur vous accepte parmi nous, comme un membre de la famille. À part les quelques services que vous devrez rendre, nous vous traiterons comme une de nos filles. Que voulez-vous de plus ?

— Oncle Octavius, je préférerais gagner ma vie. Vous êtes très bon de m'accepter parmi vous et je vous en suis reconnaissante mais je voudrais... être indépendante.

— Indépendante ? hurla le pasteur. J'ose espérer que vous ne savez pas ce que vous dites ! Allez préparer vos bagages. Je n'ai pas le temps d'écouter vos enfantillages.

Sylvia n'aurait pas été plus consternée en apprenant sa condamnation à mort. Elle allait quitter la pièce quand la voix de Sir Robert l'arrêta.

— Un instant, miss Wace.

Elle se retourna vers lui. Comme il était beau et élégant à côté de son oncle...

— Dois-je comprendre, demanda-t-il, que vous ne souhaitez pas aller vivre chez votre oncle ?

— J'aimerais tant rester ici, auprès de Lucy...
— Et Lucy ne saurait se passer de vous, déclara-t-il. Dans ces conditions, je pense que vous ne vous opposez pas à ce que votre nièce reste ici, monsieur ?
— Comme je vous l'ai dit, je considère que le comportement de ma nièce est inacceptable. Son attitude à l'égard de sa mère a été abominable. Comment a-t-elle pu abandonner le corps sans vie de ma belle-sœur dans une maison vide pour...
— ... accomplir un acte charitable, acheva Sir Robert. Si j'ai bien compris, votre nièce avait le choix entre servir les vivants ou les morts. Elle a choisi les vivants. Ce qui n'est pas un choix déraisonnable si on l'envisage à la lumière des Évangiles. Elle est donc venue ici avec ma fille et m'a demandé de rester en qualité d'amie et gouvernante de l'enfant. La croyant libre, je l'ai engagée à mon service. Aussi, à moins que miss Wace ne souhaite mettre fin à notre arrangement, je ne vois aucune raison de bouleverser mes dispositions.

Le ton autoritaire de Sir Robert ne souffrait aucune contradiction. Voyant son oncle sans argument et tout à fait dérouté, Sylvia se sentit soulevée de joie.

— Bien sûr, je comprends votre point de vue... dit enfin oncle Octavius. Mais, en qualité de tuteur de ma nièce, je pense qu'elle est trop jeune pour gagner sa vie.
— Quel âge avez-vous, miss Wace ? s'enquit Sir Robert.
— J'ai eu vingt et un ans en octobre dernier.

Ainsi, Sir Robert venait de lui permettre de donner la preuve qu'elle était seule maîtresse d'elle-même. Elle le regarda avec reconnaissance et fit face à son oncle. Il ne disait rien, réprimant difficilement son indignation.

Sylvia se dit que s'il était venu jusqu'ici, c'était parce qu'il la voulait comme domestique mais aussi parce qu'il avait cru que Mrs Bootle avait inventé toute cette histoire. Il attendait depuis toujours que Sylvia commette la faute qui trahirait son hérédité. « Comme il a dû être déçu en voyant Sheldon Hall et en rencontrant Sir Robert », pensa-t-elle en s'efforçant de ne pas rire.

— Si vous êtes satisfait de ma nièce, Sir Robert, dit-il enfin, et si elle souhaite rester à votre service, je ne vois évidemment rien à redire.

Il parlait d'un ton guindé tout en observant Sylvia d'un regard méchant. On aurait dit une bête sournoise venant de perdre sa proie.

— Quant à vous, Sylvia, j'espère qu'à l'avenir vous vous conduirez mieux. Je prierai pour vous... Au revoir, Sir Robert.

Le pasteur s'inclina. Son hôte sonna et Bateson apparut trop vite pour ne pas avoir écouté à la porte. Le regard fixe, oncle Octavius sortit et Sylvia se retrouva seule avec Sir Robert.

— Merci mille fois ! Comment vous exprimer ma reconnaissance ? Vous m'avez sauvée... s'écria-t-elle.

Il lui sourit pour la première fois depuis son arrivée.

— Ce fut un plaisir, miss Wace, de vous arracher aux griffes de ce dragon. Je comprends pourquoi vous aviez si peur d'aller vivre dans ce presbytère.

— Mon oncle est un homme effrayant...

— Peut-être êtes-vous tout de même vite effrayée ?

– Oui, c'est vrai. Car je n'ai aucune expérience. Vous savez, j'ai rencontré très peu de gens dans ma vie.

Il parut sur le point de dire quelque chose, se ravisa et se dirigea brusquement vers son bureau.

– Puisque vous êtes là, si nous nous occupions de votre salaire ? Cent livres sterling par an, cela vous suffirait-il ?

Elle eut le souffle presque coupé.

– Je ne sais si je les mérite, Sir Robert. Je peux enseigner à Lucy tout ce que je sais... c'est-à-dire bien peu de choses.

– Dans ce cas la moitié de ce salaire sera à mettre au compte de votre gentillesse pour Lucy.

Il s'assit à son bureau et prit une feuille de papier à lettres aux armoiries des Sheldon.

– Quels sont vos prénoms ? demanda-t-il.

– Sylvia, Mary.

– De bien jolis noms, dit-il en les écrivant. Mon homme d'affaires s'occupera de tout. Et maintenant, miss Wace, puis-je vous donner un conseil ? ajouta-t-il en se levant. Ma mère est âgée et, parfois, un peu difficile. Nous devons tous être indulgents envers elle. Ce château a été le grand amour de sa vie. Si vous comprenez cela, vous en saurez beaucoup sur elle.

– Je ferai tout pour vous satisfaire, Sir Robert, ainsi que Lucy.

– Merci, miss Wace, ce sera tout pour le moment.

Elle eut l'impression qu'après s'être montré humain, il reprenait son masque froid et rigide. Pourtant, au lieu de partir, elle l'observait tandis qu'il passait devant les rayonnages de livres. Lui tournant le dos, il s'arrêta devant la fenêtre et contempla le parc enseveli sous la neige. Elle hésita encore un instant avant d'ouvrir doucement la porte et de sortir. Bateson était là.

— Madame vous demande, dit-il.
— Maintenant ?
— Oui, immédiatement.

Elle le regarda et comprit à son expression qu'il avait déjà raconté à sa maîtresse la visite d'oncle Octavius. « C'est un espion, pensa-t-elle. C'est par lui que Lady Clementina sait tout ce qui se passe dans cette maison... »

Elle monta l'escalier d'un pas rapide et, arrivée devant la porte, attendit un instant avant de frapper, consciente que les paroles de Sir Robert ne diminuaient pas beaucoup la crainte que Lady Clementina lui inspirait.

La vieille châtelaine avait une pile de documents posés devant elle. Elle les poussa de côté et regarda Sylvia s'avancer vers elle.

— Pourquoi n'êtes-vous pas partie avec votre oncle ?
— Sir Robert a bien voulu confirmer son désir de m'engager pour m'occuper de Lucy.
— Et vous voulez rester ? Pourquoi donc ?
— Qui, dans ma situation, ne souhaiterait rester dans cette maison ? répondit Sylvia avec une assurance toute nouvelle.
— Vous n'êtes pas idiote, dit Lady Clementina. Vous connaissez le château, maintenant. Il est isolé de tout et n'offre aucune distraction. Il n'y a pas de jeunes gens aux alentours, à l'exception de mon fils.
— J'ai l'habitude de vivre sans distractions et sans jeunes gens. Je serai contente d'être ici, aussi longtemps que Lucy aura besoin de moi.

Lady Clementina s'appuya sur ses oreillers.

— Vous avez un certain courage et, d'une certaine manière, ça me plaît. Si seulement vous n'étiez pas aussi...

Elle se tut brusquement et, devinant sa pensée, Sylvia tenta de gagner sa confiance.

— Je vous assure, Lady Clementina, que je ne m'intéresse qu'à Lucy et non à moi-même. Cette enfant est si attachante que je suis prête à tout pour la rendre heureuse. Et c'est vraiment tout ce que je souhaite.

— Dans ce cas, vous êtes très différente des jeunes filles de votre âge. Je connais bien la vie, miss Wace, et j'ai constaté que lorsqu'on met un jeune homme et une jeune fille ensemble, le résultat est toujours le même. Enfin... Bon. Vous pouvez rester. Mais souvenez-vous bien de ceci : mon fils n'est pas pour vous.

— Lady Clementina, je n'ai jamais pensé... murmura Sylvia en pâlissant.

— Si vous n'y avez pas encore pensé, ce qui n'est pas certain, vous ne tarderez pas à le faire. Et je vous aurai prévenue. Mon fils s'est mal marié une fois et, aussi longtemps que je vivrai, cela ne se reproduira pas. Ce château importe davantage que les individus. Et la femme qui portera l'héritier des Sheldon devra en être digne.

Lady Clementina avait, en disant cela, l'expression terrifiante de quelqu'un qui n'était pas dans un état normal. Tout son être semblait concentré sur son obsession. Elle regarda Sylvia pendant un long moment avec la même fixité hagarde avant de se détendre peu à peu.

— Vous pouvez vous retirer, dit-elle enfin.

Sylvia sortit. Elle se sentit sans force mais elle avait moins peur car maintenant, elle comprenait pourquoi Lady Clementina avait voulu se débarrasser d'elle.

Elle se dirigea vers la chambre de Lucy. L'enfant était couchée, une poupée serrée dans ses bras; elle lui chantait une berceuse. Sylvia s'agenouilla près du lit, attira la petite fille contre elle et murmura :

— Tout s'arrange, ma chérie. Je vais rester avec toi.

— Bien sûr, répondit Lucy qui ne comprenait pas. Est-ce que je peux me lever maintenant ? Il y a des heures et des heures que je me repose !

— Oui, tu peux te lever.

— Prendrons-nous le déjeuner à la salle à manger avec papa, aujourd'hui ?

— Je pense que oui.

Et, se dirigeant vers la commode où étaient rangés les vêtements de Lucy, elle se vit dans le miroir accroché au-dessus du meuble. Ses yeux brillaient. Elle était belle. Je suis heureuse, très heureuse, pensa-t-elle.

6

Lady Clementina était étendue, les yeux fermés. Tendant la main vers le cordon caché dans un pli des rideaux, elle sonna.

— Vous m'avez appelée, madame ?

Purvis, la femme de chambre, était une femme d'un certain âge, maigre avec un nez pointu. Ses manières affectées agaçaient terriblement sa maîtresse qui la gardait quand même car elle lui était toute dévouée.

— Dites à Bateson de m'apporter du champagne. Je suis fatiguée.

Purvis fit disparaître un pli imaginaire sur le dessus du lit.

— Volontiers, dit-elle sur un ton guindé, mais vous vous porteriez mieux sans champagne.

Lady Clementina lui lança un regard noir. Purvis l'irritait au plus haut point lorsqu'elle se permettait de lui donner des conseils au sujet de sa santé; curieusement, ses suggestions allaient toujours contre ses propres désirs.

— Dites à Bateson que je veux du champagne et tout de suite, ordonna sèchement la vieille dame.

Purvis se retira avec son air de martyre et Lady Clementina se mit à penser à Sylvia.

J'aurais dû renvoyer cette fille le jour de son arrivée, se dit-elle. Elle est trop belle et les jolies femmes sèment toujours la discorde. Ça ressemble bien à Alice d'envoyer, avant de mourir, quelqu'un pour briser la paix au château. Pourtant, Alice avait été trop intéressée par elle-même pour rien imaginer d'aussi ingénieux. Dire qu'elle avait eu un enfant... Cette petite Lucy... Lady Clementina se souvenait du jour où Sir Robert lui avait présenté sa jeune femme. Au premier coup d'œil, elle avait su que son fils avait fait une erreur.

Elle s'en était voulu de l'avoir laissé si longtemps seul à Londres. Mais comment aurait-elle pu prévoir que cette relation amoureuse qu'il avait avec une femme mariée s'interromprait aussi brusquement et que, sous le coup de sa déception sentimentale, il se jetterait dans les bras d'Alice ?

Elle l'avait séduit par sa grâce, sa frivolité et

sa gaieté. Et puis Alice et sa mère avaient prétexté un deuil de famille pour précipiter les fiançailles des jeunes gens puis leur mariage célébré dans l'intimité.

Bateson apporta le champagne. Lady Clementina le regarda remplir une flûte d'un geste précis et solennel et prit le verre qu'il lui présentait sur un plateau d'argent.

— Merci, Bateson. Où est Sir Robert ?
— Aux écuries. Il a laissé une note pour Mr Jameson, l'informant, je pense, de la somme qu'il devra verser à miss Wace.
— Il prend tout ceci bien à cœur...
— Une somme inhabituelle.

Ils échangèrent un regard de connivence puis Bateson s'inclina respectueusement et quitta la chambre.

Lady Clementina but une gorgée de champagne. Un brave homme, ce Bateson ! pensa-t-elle. Que ferait-elle sans lui ? Il l'informait de tout ce qui se passait au château. Elle ne lui cachait presque rien et elle était certaine qu'il n'avait aucun secret pour elle. Dommage qu'il n'eût pas accompagné Sir Robert à Londres, car alors, il n'y aurait pas eu de mariage; pas sans qu'elle en eût été avertie auparavant. Mais Bateson était resté avec elle à Sheldon Hall. Elle en avait eu particulièrement besoin à cette époque. En vérité, il était difficile d'imaginer maintenant ce qu'elle aurait fait sans lui. Mais elle ne voulait plus songer à ces événements. Ils constituaient un secret entre elle et le maître d'hôtel, un de ces secrets que l'on enterre au plus profond de sa conscience et dont on ne parle plus jamais, à défaut de pouvoir les oublier complètement.

Lady Clementina but quelques gorgées de

champagne et ferma les yeux à nouveau, songeant à son fils qu'elle aimait tant, dont l'avenir était si étroitement lié à celui de Sheldon Hall, et qui n'avait pas encore engendré d'héritier.

Dès qu'elle avait vu sa belle-fille, Lady Clementina avait eu la certitude que jamais elle ne lui donnerait le petit-fils qui devrait perpétuer la lignée des Sheldon, ininterrompue depuis le XIIe siècle. Alice était belle et élégante, séduisante, mais sans la moindre vigueur intellectuelle et morale, sans aucune force de caractère. Une femme fragile qui ne marchait droit qu'aussi longtemps qu'elle s'amusait et que tout allait bien mais qui s'effondrait à la première difficulté. Dieu sait combien Lady Clementina méprisait ce genre de femmes ! Elle qui avait tant de force dans son petit corps qu'elle pouvait travailler autant qu'un homme.

Quatre longues années s'étaient écoulées, durant lesquelles Alice n'avait pas donné le jour à un fils et avait passé son temps à rire sottement ou à faire la tête, ne pensant qu'à Londres et aux distractions qui lui manquaient. La campagne l'ennuyait. Elle l'avait reconnu dès que l'extase des premiers jours de lune de miel s'était évanouie. Elle détestait le vent froid et tonifiant qui soufflait sur la lande et que Lady Clementina trouvait plus stimulant que n'importe quel champagne. Elle avait horreur de la vie à Sheldon Hall, avec toutes ses traditions féodales et cette armée de domestiques. Peut-être, avec le temps, Lady Clementina lui aurait-elle pardonné ses défauts, mais qu'elle n'aimât pas son château était un crime absolu.

Elle-même avait vu le château pour la première fois à l'âge de douze ans, quand ses parents l'y avaient emmenée en visite. Sa mère, née Sheldon, avait épousé le comte de Glendale. La petite Clementina avait toujours rêvé de rencontrer son cousin Hugh Sheldon. Elle était trop jeune à l'époque pour exprimer ce que Sheldon Hall, avec ses belles pierres, ses somptueuses terrasses et la lande nue qui s'étendait tout autour, signifiait déjà pour elle.

À cette époque, Hugh était encore un écolier, de quatre ans son aîné. Elle l'avait considéré avec respect au lieu de se lier simplement d'amitié avec lui, car elle avait compris qu'il était le futur maître du château. Hugh était un beau garçon, très courtois, qui, si sa jeune cousine l'ennuyait, ne le montrait pas. Mais, dès cette première rencontre, elle l'avait identifié à Sheldon Hall.

C'était une enfant trop gâtée, volontaire; on voyait déjà qu'elle serait très belle. La nuit qui avait suivi ce premier après-midi à Sheldon Hall, elle n'avait pas rêvé de son cousin mais du château avec ses longues galeries, ses plafonds sculptés, ses vitraux, ses salles immenses lambrissées ou tendues de soies aux couleurs délicates.

Clementina avait eu un succès stupéfiant lorsqu'elle avait fait ses débuts à la Cour. Plus qu'aucune autre des jeunes filles qui faisaient leur entrée dans le monde, elle avait été courtisée et admirée. Les fils des plus grandes familles lui avaient demandé sa main mais elle n'avait rien promis, car elle attendait un événement – elle ne savait lequel.

Puis, un jour, alors qu'elle se tenait près de sa mère lors d'une réception, elle avait vu un grand garçon roux se frayer un chemin vers elles à travers la masse serrée des invités.

Hugh Sheldon ! Elle l'avait reconnu au premier

coup d'œil. Il avait très peu changé depuis qu'elle l'avait rencontré sinon qu'il était plus grand et plus beau.

Elle avait alors immédiatement vu clair en elle-même et s'était acharnée à obtenir ce qu'elle voulait. Hugh était très vite tombé amoureux d'elle et avait combattu avec la même détermination qu'elle-même, leurs parents qui voyaient d'un mauvais œil le mariage entre cousins. Mais le jour où elle avait remonté l'allée centrale de l'église Saint-Georges au bras de son père, tandis que Hugh l'attendait dans le chœur, elle s'était avoué au fond d'elle-même que c'était Sheldon Hall qu'elle épousait.

Dès l'instant où elle s'était installée en maîtresse au château, elle avait senti monter en elle une joie féroce. Cette demeure dont elle avait tant rêvé lui appartenait enfin. Elle avait même presque aimé Hugh durant les premières années de son mariage et s'était soumise à ses ardeurs amoureuses car, au fond de son cœur, elle lui était reconnaissante.

Rapidement, Clementina s'était donné pour tâche de restaurer Sheldon Hall. Elle avait fait appel à des décorateurs de talent et, comme son mari était riche, elle avait transformé leur résidence en un palais.

Sa tâche accomplie, elle s'était à nouveau tournée vers le monde. Après sept ans d'absence, et plus belle que jamais. La haute société avait été étonnée de la revoir et cette saison-là, on n'avait parlé que de Lady Sheldon dans les salons. Elle avait mené une vie si follement gaie que les médisances et les calomnies sur son compte étaient parvenues jusqu'aux oreilles de la reine. Lady Clementina avait été mise en garde, d'abord gentiment puis sévèrement. À trois reprises, elle avait été sauvée d'une disgrâce fatale par l'intervention de certains membres de sa famille. Mais à la fin, elle avait été bannie par la Cour.

Au début Lady Clementina s'en était moquée. Que lui importait qu'on la mît à l'écart quand la moitié des hommes influents étaient à ses pieds ? Si on ne la voyait pas à Buckingham Palace, alors on viendrait à elle. Mais elle avait appris qu'une femme, aussi belle et intelligente fût-elle, ne pouvait pas vivre avec la seule amitié des hommes. Les grandes dames du royaume avaient cessé de l'inviter, ne venant la voir qu'en cachette. Quant aux hommes, toujours aussi passionnés et admiratifs, ils étaient devenus plus familiers et plus exigeants. Aussi Lady Clementina avait-elle brusquement annoncé qu'elle se retirait dans le Nord pour se consacrer à son mari et à sa maison.

Hugh s'était plus d'une fois emporté contre sa femme et avait condamné son attitude mais, en même temps, il l'admirait car elle avait bien plus de détermination et de courage que lui. Les premiers temps, il avait été maussade en se voyant condamné à passer presque toute l'année à Sheldon Hall. Cependant, leur isolement n'avait pas duré longtemps. Lady Clementina avait immédiatement lancé des invitations et le château avait bien vite été rempli d'amis.

En outre, la noblesse campagnarde se souciait peu de l'approbation ou du désaccord de la Couronne. La chasse était excitante à Sheldon Hall, la table y était d'une rare qualité et l'hospitalité incomparable.

Après avoir été un sujet rebelle à Londres, Lady Clementina était devenue reine à Sheldon

Hall. Les soirées qu'elle y donnait, son extravagance et son charme subjuguaient le monde rural. On ne parlait plus que d'elle dans le comté. Alors que les femmes de sa génération se pâmaient à l'idée de marcher un mile, elle était capable de marcher ou de chevaucher à travers la lande toute la journée avant de conduire un bal. À ces qualités physiques, s'ajoutaient une capacité de travail intellectuel et une perspicacité en affaires typiquement masculines.

Hugh n'avait pas tardé à lui abandonner la gestion de leur domaine mais il devenait querelleur et jaloux d'une femme qui le reléguait au second plan.

Lady Clementina avait presque ressenti du soulagement lorsqu'il était mort. Ayant épousé Sheldon Hall, elle avait été heureuse de s'y retrouver seule.

Elle léguerait ce château à son fils et elle avait fait en sorte que cet héritage fût le plus somptueux possible. Mais elle n'avait pas pensé que Robert épouserait Alice... Et elle s'était débarrassée de sa belle-fille avec tant de ruse que personne – sauf son fils – ne s'était aperçu qu'elle était à l'origine de la séparation du jeune couple.

Peu après leur mariage, Robert était devenu assez indifférent à l'égard de sa femme. N'étant plus courtisée, Alice avait commencé à s'ennuyer et son amour s'était refroidi. Lady Clementina avait alors fait venir des jeunes hommes au château.

La plupart habitaient dans les environs et l'un d'entre eux, Bertram Cuningham, qui avait été élevé dans le respect et l'admiration de Sheldon Hall, n'avait pas été long à tomber amoureux d'Alice. Cela n'avait pas échappé à Lady Clementina qui avait compris qu'elle détenait enfin l'arme dont elle avait besoin. Elle n'avait alors cessé d'inviter Bertram, le couvrant d'éloges et vantant ses mérites auprès de son fils pour l'encourager à le fréquenter. Les deux hommes avaient donc pris l'habitude de chasser ensemble, de se recevoir à dîner, de jouer au bridge... Robert avait demandé à Bertram de bien vouloir être le partenaire d'Alice au tennis. Et c'était Bateson qui avait rendu compte à Lady Clementina du premier baiser que les deux jeunes gens avaient échangé.

À la première occasion, et comme si de rien n'était, Lady Clementina avait parlé en ces termes à sa belle-fille :

– Vous êtes jeune. Vous devez vous amuser tant qu'il en est encore temps.

– Pensez-vous vraiment que ce soit une bonne philosophie ? avait demandé Alice.

Lady Clementina avait haussé les épaules :

– Tout ce que je regrette dans ma longue vie, c'est d'avoir trop souvent dit non. On a bien peu de compensations lorsqu'on vieillit. Tirez le meilleur parti de votre beauté, mon enfant.

Elle avait aperçu le coup d'œil qu'Alice avait lancé en direction du miroir et elle avait deviné quelles pensées traversaient son esprit : devenait-elle vieille ? La jeunesse la quittait-elle déjà ? Pourquoi Robert ne la regardait-il plus depuis des mois ? Pourquoi était-il si taciturne ?

À son fils, Lady Clementina avait tenu un autre discours :

– Donnez du temps à Alice et je suis sûre qu'elle se fera à cette nouvelle vie. Il nous faut un héritier pour Sheldon Hall. Mieux vaut laisser

Alice s'amuser un peu, mais pas trop longtemps tout de même...

Robert comprenait très bien sa mère et lorsque sa femme s'était enfuie en laissant un petit mot enfantin épinglé à son oreiller, il avait fait face à Lady Clementina.

– C'est votre œuvre ! Êtes-vous satisfaite ?

– Vous feriez mieux d'entamer une procédure de divorce, avait-elle répliqué, et de chercher une femme digne de porter votre nom.

– Et si je m'y refuse ?

– Ça ne durera pas. Vous êtes jeune et beau. Les jeunes femmes seront nombreuses à vouloir vous épouser...

Mais il était resté seul, obstinément, et en dépit des supplications de sa mère. Bien sûr, il était encore jeune. Lady Clementina le savait. Elle avait encore le temps de lui trouver une femme. Pourtant, elle était torturée par la pensée que la lignée des Sheldon pouvait s'arrêter et le château passer dans d'autres mains. Peu à peu, elle vieillissait, son corps faiblissait. Son cœur était fragile, usé par sa vie trépidante, mais sa volonté restait indomptable. Elle avait décidé de vivre aussi longtemps que Robert ne serait pas remarié et père de famille et dans ce but, elle s'était retirée dans sa chambre.

Couchée toute la journée, elle conservait ses forces et n'en restait pas moins parfaitement maîtresse de Sheldon Hall. Elle était crainte et respectée par tout le personnel du château. Non seulement Bateson espionnait pour elle mais, en plus, il régnait un tel esprit de délation entre les domestiques qu'elle était au courant de tout, en vrai despote de son petit royaume. Seul, son fils se rebellait contre son autorité.

Lady Clementina remplit à nouveau la flûte de champagne. Cette Sylvia Wace la hantait. Elle comprenait pourquoi Robert avait pris sa défense. En temps normal, il ignorait les femmes. S'il s'était intéressé à celle-ci, ç'avait été pour le plaisir de ridiculiser son oncle, ce pasteur prétentieux et imbu de sa propre personne.

Bateson s'était empressé de venir raconter la scène à sa maîtresse. Elle avait ri en imaginant la colère et la frustration du gros ecclésiastique.

Mais maintenant, elle ne riait plus : cette jeune fille était devenue un danger. Lady Clementina avait souvent reproché à Robert d'être trop sentimental. Il aimait les femmes douces et féminines. Or, en vrai saint Georges, il avait sauvé la vierge des griffes du dragon... N'allait-il pas, en conséquence, éprouver un sentiment de propriété à son égard ? Il était même capable de la demander en mariage ! S'il ne s'était agi que d'une aventure amoureuse, elle l'aurait très bien accueillie. Elle pensait qu'une maîtresse aurait rendu Robert plus humain, plus compréhensif, moins froid, en un mot plus à même de se marier. Mais elle était certaine que cette Sylvia Wace n'accorderait rien en dehors du mariage.

Lady Clementina vida sa flûte et la posa sur la table de nuit. Elle n'avait perdu qu'un peu de terrain. Pas la guerre.

7

Une semaine après leur arrivée, Sylvia fut informée que Lucy et elle-même allaient s'installer à l'étage supérieur et occuper la vieille nursery. Et quand Lucy vit la salle de jeux, elle ne put retenir un cri de joie. La grande pièce, tapissée d'un papier aux couleurs vives où étaient représentés des animaux, des fleurs, des arbres et de petits personnages, était inondée de soleil. Il y avait là un magnifique cheval à bascule, une grande poupée, un énorme ours en peluche, un fort avec des soldats de plomb, un canon qui lançait des boulets et même une arche de Noé renfermant tous les animaux de la création. Sylvia éprouva le même ravissement que la fillette en découvrant dans les armoires, placards et autres commodes, tous les jeux qui avaient appartenu à une autre génération d'enfants.

Sir Robert avait-il jamais été un petit garçon spontané et affectueux ? C'était difficile à croire en le voyant aujourd'hui si indifférent, raide et distant.

Et pourtant, il inspirait des sentiments affectueux ou plutôt amoureux. Lady Clementina l'adorait. C'était évident bien qu'à certains moments on eût dit que la mère et le fils ne cherchaient qu'à se blesser mortellement. Mais le visage sillonné de rides de Lady Clementina s'adoucissait lorsqu'elle parlait de son fils et elle ne le quittait pas des yeux lorsqu'il était dans sa chambre. Il semblait parfois à Sylvia que Sir

Robert était délibérément dur et sans pitié à l'égard de sa mère. Une barrière les séparait et si Lady Clementina paraissait parfois vouloir la franchir, Sir Robert ne l'oubliait jamais.

Pourquoi ce fossé s'était-il creusé entre la mère et le fils ? Sylvia avait l'impression qu'il n'était pas dû au mariage de Sir Robert. Toute trace d'Alice avait disparu. Nannie elle-même, si dévouée et loyale envers les membres de la famille, parlait d'elle comme si elle n'avait été guère plus qu'un nom. Non, ce devait être plus profond et plus grave; une blessure qui les écartait l'un de l'autre tout en les retenant liés par un fil indestructible.

Sylvia s'en voulait de se tourmenter avec tout cela. Pourquoi ne pas accepter les choses telles qu'elles se présentaient et être heureuse et insouciante dans ce château où elle avait la possibilité de gagner sa vie ? Mais c'était plus fort qu'elle, elle ne pouvait s'empêcher de se poser des questions. Sir Robert était aimé par sa mère d'une manière étrange et dominatrice; par Nannie, avec toute sa tendresse de nounou. Par Lucy aussi. Et si, en présence de témoins, Sir Robert adoptait une attitude froide et distante envers sa fille, Sylvia avait la certitude que lorsqu'il était seul avec elle, il était tout différent. Elle les apercevait parfois, faisant le tour de la propriété, la main dans la main. À leur retour, Lucy, les joues colorées et les yeux brillants de joie, racontait avec enthousiasme ce qu'elle avait fait avec son père. La petite fille, déjà très coquette, savait plaire à son père, le flatter et lui manifester par un débordement de gestes affectueux le plaisir qu'elle avait à le voir.

Sylvia avait compris que Sir Robert aimait

avoir Lucy pour lui tout seul. Aussi, chaque fois qu'il venait dans la nursery, elle s'éclipsait. Et Sir Robert l'avait remarqué car une fois, alors qu'elle revenait pour annoncer que le thé était prêt, il lui avait dit merci en se retirant. Sylvia avait eu envie de lui répéter qu'elle ferait n'importe quoi pour lui, comme lorsqu'il l'avait libérée de son oncle. Mais elle avait appris qu'on ne devait pas exprimer ses sentiments sans avoir longuement réfléchi. D'ailleurs, tout le monde, au château, dissimulait ses sentiments derrière un masque. Même Nannie.

Un jour, comme Sylvia allait chercher du savon à la buanderie, elle avait trouvé Purvis assise devant le feu, la tête entre les mains.

– Ça ne va pas? avait-elle demandé.

Purvis avait levé vers elle ses yeux rougis par les larmes.

– Ça va, miss Wace, ça va. Je suis un peu fatiguée, c'est tout.

– Avez-vous reçu de mauvaises nouvelles?

– Non, non. Je suis ridicule mais il y a des moments où je ne peux plus supporter ces éternelles critiques. Je fais de mon mieux mais il y a des gens qui ne sont jamais satisfaits.

Sylvia avait souvent été témoin de la manière rude et déplaisante avec laquelle Lady Clementina parlait à Purvis.

– Je suis désolée, avait-elle murmuré, ne sachant que dire.

– Je ne devrais pas y faire attention, avait repris Purvis. Ce doit être l'âge. J'ai parfois de tels bourdonnements dans la tête que j'ai l'impression de devenir folle. Et si alors, elle se met à me persécuter, c'est vraiment un miracle que je ne dise ou ne fasse rien de terrible.

— J'ai des médicaments de ma mère contre les maux de tête. Peut-être pourraient-ils vous soulager ?

— Oh, non ! Ce n'est pas nécessaire. Vous savez, il y a des moments où je déteste cette maison et tous ceux qui l'habitent. Comme je l'écrivais à ma sœur la semaine dernière, personne n'est humain ici.

Sylvia avait déjà éprouvé ce même sentiment mais elle n'en avait rien dit à la femme de chambre de Lady Clementina. Elle n'aimait pas Purvis. Si ce jour-là, elle avait cherché sa sympathie, Sylvia savait qu'elle pouvait être hargneuse et désagréable avec elle le lendemain. De plus, Purvis détestait les enfants. Lucy elle-même, adorée pourtant par tout le personnel, ne trouvait pas grâce à ses yeux.

Lucy faisait toujours de nouvelles découvertes dans la salle de jeux.

— Regardez, Wacey ! dit-elle un matin à Sylvia, en montrant du doigt deux épées de bois posées sur le sol. Vous croyez que papa jouait avec elles quand il était petit ?

— J'en suis sûre, ma chérie, répondit Sylvia. Il faudra le lui demander.

— Mais pourquoi en avait-il deux ? Regardez... quelque chose est écrit dessus ! Qu'est-ce que ça veut dire ?

Sylvia prit l'épée que lui tendait Lucy.

— C'est le nom de ton papa. Tu vois ? R-O-B-E-R-T...

— Et sur celle-là ? demanda la fillette en brandissant l'autre épée.

— Edward... Sûrement un petit garçon qui venait jouer avec ton père.

— Se battaient-ils comme de vrais soldats ?

— Certainement, mais tu ferais mieux d'interroger Nannie.

Dix minutes plus tard, la vieille nounou entra avec un verre de lait chaud pour Lucy et des fruits.

— J'ai rencontré dans l'escalier une des petites bonnes qui montait ce plateau, dit-elle, ainsi que du thé pour vous, miss Wace. Il était déjà froid et je l'ai renvoyée en chercher d'autre. N'acceptez rien de la sorte. Si votre thé n'est pas servi correctement, renvoyez-le à la cuisine.

Sylvia sourit. Elle était reconnaissante à Nannie de la protéger car elle avait appris qu'une gouvernante n'était pas considérée comme une personne de grande importance par le personnel, surtout si elle était sans expérience.

— Merci, Nannie, dit-elle. Viens vite, Lucy. Bois ton lait pendant qu'il est chaud, puis nous irons faire un tour avant le repas.

Lucy s'approcha, une épée dans chaque main.

— Lucy a découvert de nouveaux trésors aujourd'hui, dit Sylvia à Nannie. Ces deux épées sont sa dernière trouvaille ! L'une porte le nom de Robert et l'autre, celui d'Edward. Nous nous demandions qui était cet Edward ?

Ce fut avec une étrange expression que Nannie répondit :

— Le frère aîné de Sir Robert.

— Son frère aîné ? s'écria Sylvia. Je croyais que Sir Robert était fils unique ! Edward serait-il mort ?

— Oui. Et dès que je suis dans cette pièce, je revois leurs petites têtes rousses penchées sur le fort, lorsqu'ils jouaient avec les soldats de plomb.

— Papa a dû être très triste quand Edward est mort, déclara Lucy.

— Oui, ma chérie, répondit Nannie, mais... il ne faut jamais parler de ton oncle Edward à ton papa. Il est même préférable de ne pas citer son nom dans cette maison.

— Pourquoi ? demanda l'enfant.

— Parce qu'à ceux qui ne posent pas de questions on ne répond pas par des mensonges. Alors, n'oublie pas... Ne va pas parler de ton oncle Edward à n'importe qui. Tu comprends ?

— Oui, Nannie. Ça rend papa et les autres gens malheureux lorsqu'on parle de lui ?

— Oui, ma chérie. Très malheureux.

Lucy finit son lait et retourna s'amuser.

Sylvia restait silencieuse. Elle aurait voulu poser tant de questions... mais la réticence évidente de Nannie à y répondre l'intimidait.

— Quand est-il mort ? demanda-t-elle tout de même.

— Voilà bientôt onze ans.

— Seulement ? L'autre jour, vous disiez que Sir Hugh, cinquième baronnet, était mort depuis quinze ans. Son fils Edward était donc le sixième ?

— En effet. Sir Robert est le septième.

— Est-il mort dans un accident ? demanda encore Sylvia malgré l'air gêné de Nannie.

— Écoutez, miss Wace, je préfère ne pas en parler. J'aimais beaucoup Sir Edward. Je me suis occupée de lui dès sa naissance. Mais au fil des années, il s'est révélé anormal. Madame ne pouvait même pas supporter d'y penser... Elle refusait de le voir.

— Était-il difforme ? s'écria Sylvia, horrifiée.

— Il n'a jamais grandi, dit Nannie, les yeux pleins de larmes. Il est toujours resté doux et gentil comme un enfant. Tandis que son frère devenait un homme, lui ne changeait pas. Il est toujours resté comme un bébé. Mon bébé...

Elle eut un sanglot et quitta la pièce en séchant ses yeux.

Pendant quelques instants, Sylvia resta assise, émue par ce qu'elle venait d'apprendre tandis que Lucy brandissait une épée dans la lumière du soleil. Ce fils aîné qui n'avait jamais grandi, que Nannie avait câliné comme un enfant, à l'âge où il aurait dû être un homme... Quelle tragédie ! Pour la première fois, la jeune fille eut un élan de sympathie pour Lady Clementina qui avait dû connaître les souffrances de l'enfer... Il n'était pas étonnant qu'il n'y eût pas de portrait du sixième baronnet dans le grand hall.

– Viens, Lucy, dit Sylvia en se levant soudain. Il est temps d'aller dire bonjour à ta grand-mère.

– N'y restons pas trop longtemps... souffla la fillette quand elles se retrouvèrent devant la porte de la chambre de Lady Clementina.

Sylvia lui sourit et frappa.

La châtelaine parlait avec son fils. Elle salua distraitement sa petite-fille qui courut vers son père et lui saisit les mains.

– Alors, qu'allons-nous faire, ce soir ? demanda la vieille dame d'un ton irrité. La défection de Mary Erskine est vraiment très ennuyeuse. Je me demande qui nous pouvons inviter au dernier moment ?

Sir Robert semblait parfaitement indifférent à ce drame. Depuis plusieurs jours, on ne parlait que de ce dîner et de la soirée qui suivrait. Sylvia avait compris qu'il ne s'agissait pas d'une grande réception mais simplement d'une occasion de réunir quelques voisins.

— Vous devez trouver quelqu'un, insista Lady Clementina.

Sir Robert n'écoutait pas. Lucy, dressée sur la pointe des pieds, lui soufflait quelque chose à l'oreille.

Lady Clementina s'impatienta.

— Robert ! cria-t-elle. Allez-vous répondre ? Cette soirée est donnée dans votre intérêt !

Sir Robert se redressa.

— Ma chère mère, je me moque de toutes ces vieilles douairières qui me lorgnent dans l'espoir que j'élirai maîtresse de ces lieux leur laideron de fille. Je suppose que mes propres amis ne sont pas invités ce soir ?

— Certainement pas ! Des éthyliques bons à rien qui ne pensent qu'au jeu !

— Boire et jouer sont les meilleurs moyens de tuer le temps quand c'est tout ce que l'on souhaite, déclara-t-il avec une lassitude qui émut Sylvia.

— Vous devriez ajouter les femmes à vos vices, répliqua Lady Clementina. Elles sont le meilleur antidote contre l'ennui. C'est bien connu !

— Faut-il encore aborder ce sujet ? demanda-t-il en soupirant. Encore une fois, je me suis plié à votre volonté. Nous aurons ces gens à dîner. J'écouterai leurs propos stupides puis je ferai valser dans la salle de bal quelques-unes de ces nymphes tandis que, se pâmant devant la beauté des lieux, elles me laisseront entendre que je suis leur partenaire idéal. J'ai accepté toute cette comédie. Ne m'en demandez pas davantage ou je refuse d'assister à cette soirée !

— Mais enfin, en qualité de seigneur de ce domaine, vous avez des obligations envers notre voisinage ! s'écria sa mère. Et vous devez trouver une autre invitée afin qu'il y ait le même nombre d'hommes que de femmes. Peut-être une des filles Shipton ou la veuve de ce pauvre Freddie Fielding ?

Sir Robert allait répondre qu'il n'avait pas de préférence et que Lady Clementina pouvait faire ce qui lui plaisait lorsque son regard tomba sur Sylvia, qui attendait patiemment Lucy près de la porte. Un pâle rayon de soleil embrasait sa chevelure et elle le contemplait avec douceur de ses grands yeux bleus et lumineux. Il sourit comme un petit garçon espiègle sur le point de faire une bêtise.

– Pourquoi chercher si loin, dit-il, alors que nous avons une remplaçante à Lady Erskine ici même ?

Lady Clementina comprit aussitôt et la mère et le fils se défièrent du regard un instant.

– Je serai enchanté que miss Wace assiste à ce dîner, déclara Sir Robert. Et maintenant, Lucy et moi devons aller nourrir les chevaux. Ils nous attendent.

Il sortit avec sa fille et les deux femmes restèrent seules.

– J'espère que vous n'avez pas oublié la mise en garde que je vous ai faite lors de votre arrivée, miss Wace ?

– Non, madame.

– Il serait ridicule que vous vous fassiez des illusions.

– Je sais, madame.

Sylvia parlait calmement mais son cœur battait follement. Lady Clementina allait-elle l'autoriser à aller à ce dîner ? En dépit de sa timidité, elle en mourait d'envie. La vieille dame ne disait rien. En empêchant la jeune fille de participer à cette soirée, elle risquait de faire grandir son image dans l'esprit de Sir Robert... Et il fallait à tout prix éviter cela.

— Eh bien, miss Wace, dit-elle enfin, vous irez à ce dîner. Vous devrez, bien sûr, préciser votre position dans cette maison aux gentlemen qui seront assis près de vous. Je ne veux pas de malentendu. Et quand on commencera à danser, retirez-vous dans votre chambre. Vous avez sans doute une robe de soirée ?

— Oui.

— J'en ai entendu parler. Elle a, je suppose, la même origine que la robe noire que vous portiez le jour de votre arrivée ?

— Oui.

— Quand vous serez habillée, venez me voir. Vous n'irez au dîner que si cette robe est convenable pour une personne qui a la charge d'une enfant. Ce sera tout, miss Wace.

De retour dans sa chambre, Sylvia sortit la robe mauve. Elle était très belle et pourtant elle était certaine que Lady Clementina ne la trouverait pas « convenable »... Mais elle n'en avait pas d'autre. Laissant la robe sur le lit, elle alla vers la fenêtre.

Comme elle était dépendante des désirs et des caprices d'autrui... Elle se sentait très jeune et très seule. Si seulement elle avait une amie à qui se confier... « La vie m'a déjà tant donné, songeat-elle, et j'en demande encore davantage... »

La neige commençait à fondre. Des taches vertes apparaissaient dans le parc. Et là où elle était encore épaisse, des perce-neige fleurissaient. Le printemps approchait. Sylvia avait, elle aussi, traversé l'hiver triste et stérile. Que lui réservait l'avenir ?

Elle appuya sa joue contre le châssis froid de la fenêtre. Elle avait une idée sur ce qui l'attendait – une vague idée qu'elle n'osait formuler. Pas même en pensée.

8

– Que vous êtes belle, miss ! s'écria Éthel, la petite bonne qui était au service de Sylvia et de Lucy.

La jeune fille se regardait d'un œil critique dans le grand miroir. Cette robe lui allait à la perfection et sa couleur rehaussait la blancheur de son teint.

– Vous êtes magnifique ! répétait Éthel. Vous ressemblez à une fée !

Sylvia lui sourit et soupira :

– Il faudrait un collier...

Découvrant, pour la première fois de sa vie, ses bras et ses épaules, elle se sentait aussi gênée que si elle avait été presque nue. Soudain, elle pensa à Lady Clementina... Même sans collier, elle n'avait certainement pas l'air d'être une gouvernante et la vieille dame ne la laisserait jamais assister au dîner ainsi vêtue...

Elle jeta un coup d'œil à la pendule. Huit heures et quart. Les convives allaient arriver d'un instant à l'autre, puisque le dîner était prévu à huit heures trente, et elle ne les verrait pas. Elle en avait la certitude. Alors, elle sentit la colère monter en elle. Elle savait que Lady Clementina avait vu sa robe et déjà décidé qu'elle était trop élégante pour une gouvernante. Pourquoi la laissait-elle espérer ? Pour avoir la satisfaction mauvaise de lui interdire, au dernier moment, de la porter ? Ce raffinement dans la cruauté était révoltant.

Pour la première fois de sa vie, Sylvia se rebellait. Pendant des années, elle avait été l'esclave d'une mère invalide, querelleuse et exigeante. Elle s'était soumise, sacrifiant toute vie personnelle. Mais aujourd'hui, elle avait un besoin urgent de vivre, d'être heureuse tant qu'elle était encore jeune. Après tout, Sir Robert l'avait invitée, pourquoi sa mère devrait-elle annuler cette invitation ? Sylvia redressa la tête, résolue à ne pas se laisser faire.

À cet instant on frappa à la porte. Comme Éthel se levait pour aller ouvrir, Sylvia la saisit par le bras.

— Si c'est pour moi, lui souffla-t-elle, dis que je suis déjà descendue...

Éthel hocha la tête et Sylvia courut se cacher dans une grande armoire d'acajou. Son cœur battait tandis qu'immobile dans l'obscurité elle entendait la bonne s'écrier :

— Miss Purvis !
— Dites à miss Wace que Madame veut la voir.
— Miss Wace est descendue.
— Descendue ? Déjà ? Mais je croyais qu'elle savait que Madame voulait la voir d'abord !
— Elle a dû oublier, répondit Éthel. Elle était très nerveuse de porter une robe du soir et puis elle avait peur d'être en retard. Vous auriez fait pareil pour la première soirée de votre vie !
— Miss Wace vous a-t-elle fait cette confidence ?

Purvis est bien curieuse, pensa Sylvia. Tout cela va être rapporté à Lady Clementina...

– Oui, c'est elle-même qui me l'a dit. Elle s'est occupée de sa mère qui était très malade pendant des années. Elle ne pouvait jamais être tranquille plus d'une heure... Il y en a qui passent par de dures épreuves, miss Purvis.

– Lorsque vous serez aussi vieille que moi, Éthel, vous pourrez parler d'épreuves, répondit l'autre avec dureté. Faites votre travail correctement et perdez moins de temps à bavarder. Vous n'avez pas à servir miss Wace personnellement, si vous comprenez ce que je veux dire.

– Oui, miss Purvis.

– Je ne sais pas ce que va dire Madame quand je vais lui annoncer que l'oiseau s'est envolé...

Purvis se retira. Éthel referma la porte et courut à l'armoire.

– Elle est partie, miss Wace !

– Merci, Éthel, vous avez été très bien ! s'écria Sylvia.

Elle se recoiffa, donna un dernier coup de peigne, mit ses gants et se dirigea vers la porte.

– Si j'étais sûre de ne rencontrer personne, dit-elle, je serais plus rassurée...

Et sans attendre la réponse d'Éthel, elle sortit, longea rapidement les corridors, descendit en courant le grand escalier et s'immobilisa en entendant le bruit des voix venant du salon.

Bateson attendait devant la grande porte d'entrée, plusieurs valets de pied à ses côtés. En apercevant la jeune fille, il traversa le hall de sa démarche solennelle en la regardant avec ironie.

– Vous entrez, miss ? demanda-t-il. Ou préférez-vous que je vous annonce ?

– Non, non. Ce n'est pas nécessaire, dit-elle, et elle pénétra très vite dans le salon.

Une douzaine de personnes étaient déjà là, debout près du feu, entourant Sir Robert toujours aussi distant. Levant soudain la tête, il la vit, immobile sur le seuil, ne sachant que faire. Elle eut d'abord l'impression qu'il ne la reconnaissait pas. Puis il sourit et se dirigea vers elle.

— Entrez, miss Wace.

Il la conduisit vers le groupe, s'arrêta devant la plus âgée, et aussi la plus distinguée, des invitées.

— Puis-je vous présenter miss Wace, duchesse ? dit-il. Elle vit avec nous et s'occupe de ma fille Lucy que vous n'avez pas encore rencontrée, je crois. Miss Wace, la duchesse de Melchester.

Le silence se fit et la duchesse fixa Sylvia avec stupéfaction.

— Je ne savais pas que vous aviez une fille, Robert, dit-elle.

Sir Robert se mit à rire.

— Eh bien ! j'en ai une ! Une bien jolie petite créature qui me ressemble énormément, n'est-ce pas, miss Wace ?

Sylvia tenta de sourire, terriblement gênée. Elle devinait les questions qui se bousculaient dans l'esprit des convives : d'où sortait cette enfant ? pourquoi n'en avaient-ils pas entendu parler plus tôt ? était-ce une enfant légitime ou Sir Robert se moquait-il d'eux ? pourquoi cette miss Wace était-elle trop jeune et trop élégante pour être gouvernante ? Sylvia faisait des efforts désespérés pour paraître sûre d'elle quand la duchesse lui demanda :

— Quel âge a cette enfant ?

— Presque sept ans, madame.

— Et où a-t-elle vécu pendant tout ce temps ?

— Pardonnez-moi, duchesse, intervint Sir

Robert, je voudrais présenter miss Wace à mes autres invités.

Il effleura le bras de la jeune fille et la conduisit vers une autre douairière à l'air austère. Sylvia eut bientôt l'impression d'être l'objet de la curiosité générale.

– J'espère, miss Wace, que cette région du monde vous plaira, lui dit un gentleman blond et séduisant.

– Mais je la trouve fort belle.

– Vous allez relever considérablement le niveau de ce coin du comté. Nous manquons de jolies filles par ici...

Elle rougit, mais déjà Bateson annonçait que le dîner était servi et Sir Robert offrait son bras à la duchesse et précédait ses convives dans la salle à manger. Le gentleman blond escorta Sylvia après s'être présenté : il était capitaine et s'appelait Davidson.

– Mon domaine est voisin de celui de Sir Robert, dit-il, dès qu'ils furent assis. Il faut que vous veniez un jour à Hartley Towers. Ce n'est qu'à une heure de voiture d'ici.

– Avez-vous des enfants ? demanda Sylvia.

Il se mit à rire de bon cœur.

– Je suis un célibataire endurci, miss Wace. Et savez-vous pourquoi ? Parce que je suis un idéaliste... Je cherche la femme d'exception. En attendant de la trouver, je m'amuse. M'aiderez-vous ?

Sylvia se sentait perdue. Elle aurait aimé pouvoir rester silencieuse et observer ce qui se passait autour d'elle. Elle jeta un coup d'œil vers Sir Robert, assis en bout de table. Il écoutait la duchesse avec une attention visiblement feinte. Autour de la table, les femmes, couvertes de bijoux, leurs chevelures relevées et décorées d'aigrettes, ressemblaient à des paons. Les hommes, vêtus de sombre à l'exception de leurs chemises blanches et de leurs faux cols, étaient très élégants. Elle aimait leur accent un peu traînant mais quand l'un d'eux posait son regard sur elle, elle baissait les yeux, intimidée et émue.

La table était magnifiquement dressée. Sur la nappe blanche damassée, les bougies de grands candélabres diffusaient une lumière dorée sur les bouquets, les compotiers d'argent pleins de fruits exotiques, les cristaux et les assiettes anciennes en faïence peinte.

Jamais Sylvia n'avait bu de vins aussi parfumés ni mangé de mets aussi raffinés : ortolans, cailles, foie gras, langoustes... Son voisin de droite était un homme d'un certain âge qui ne s'intéressait qu'à la chasse et tentait de lui faire partager sa passion par d'interminables récits fort ennuyeux.

— Vous devriez demander à Sir Robert de vous donner une monture, lui dit-il enfin. Notre comté n'offre pas les meilleures chasses du royaume mais la balade à cheval y est aussi excitante qu'ailleurs, je vous le garantis !

C'était bien la dernière chose qui pût plaire à Sylvia mais elle remercia son interlocuteur de l'intérêt qu'il lui montrait et se tourna vers le capitaine Davidson.

— Dites-donc, n'avez-vous pas de temps en temps un jour de congé ? demanda-t-il d'un ton curieusement bas. N'est-il pas possible de nous rencontrer ? Je connais bien la région. Je pourrais venir vous chercher avec mon cabriolet et vous emmener faire un tour ? J'ai même mieux à vous offrir. Dans une semaine ou deux, j'aurai une automobile !

- Oh ! C'est que je... ne suis jamais montée dans une automobile...
- Eh bien, vous ne pourrez plus en dire autant d'ici un mois. Laissez-moi faire. Je vais organiser une délicieuse journée... Bien sûr, n'en soufflez mot à personne.
- Je ne sais pas... Je ne vous promets rien, répondit-elle, complètement affolée.

À ce moment la duchesse se leva et toutes les femmes la suivirent hors de la salle à manger.
- À personne ! insista Davidson.

La duchesse annonça qu'elle allait voir Lady Clementina.
- Dites-lui que je voudrais la voir également, dit une douairière.
- Certainement, assura la duchesse. Mais vous savez que le nombre de personnes qu'elle pourra recevoir dépend de son état...

Les autres invitées s'installèrent dans un confortable salon et Sylvia en profita pour s'éclipser et courir dans sa chambre. Là, dans le miroir, elle vit que ses yeux brillaient d'un éclat inhabituel et que ses joues étaient roses d'excitation. Elle entra tout doucement dans la chambre de Lucy : l'enfant dormait profondément. L'ayant tendrement bordée, elle se rendit dans la pièce voisine où Nannie veillait près du feu.
- Alors, vous vous amusez bien ? demanda la nounou et soudain, elle sursauta : Mon Dieu ! J'ai cru voir feu Madame... C'est cette robe. Est-ce celle qui lui a appartenue ?
- Oui. Vous plaît-elle ?
- Elle est magnifique. Madame avait un goût excellent. Vous avez eu de la chance qu'elle vous la donne. Mais dites-moi... cette soirée ?

— Oh, c'est impressionnant, avoua Sylvia. Vous savez, c'est la première fois que je sors...
— Vous allez redescendre ?
— Lady Clementina m'a dit que je pouvais rester jusqu'aux premières danses. Nannie, si je pouvais danser au moins une fois... Enfin, si on m'invite...
— On va vous inviter, j'en suis sûre ! Faites donc ce qui vous fait plaisir mais souvenez-vous que Lady Clementina peut être très dure lorsqu'elle est fâchée. J'attendrai votre retour pour ne pas laisser Lucy toute seule.
— Je ne serai pas longue, promit Sylvia en ressortant.

Elle gagna la salle de bal et s'arrêta sur le seuil, éblouie. Jusqu'ici, elle avait vu cette pièce plongée dans la pénombre, avec des housses sur les sièges. Et soudain, elle lui apparaissait dans toute sa splendeur avec ses lustres de cristal et les riches étoffes des fauteuils et des sofas. Des couples de danseurs évoluaient sur le magnifique parquet. Dans ce cadre féerique toutes les femmes étaient ravissantes et, voyant son image dans l'un des miroirs qui séparaient les lambris dorés, Sylvia comprit qu'elle n'avait aucune raison d'être timide. On l'entraînait déjà.

— J'avais tellement envie de danser avec vous... jolie petite lady en mauve.
— Mais je ne dois pas danser ! s'affola-t-elle. Arrêtons, s'il vous plaît. Lady Clementina m'a dit...
— Oubliez-la. Lady Clementina donne des ordres à tout le monde mais pourquoi vous en préoccuper ? Elle est vieille et laide. Et vous êtes la plus jolie jeune fille du monde !
— Capitaine Davidson, s'il vous plaît... implorait-elle.

Enfin, la musique s'interrompit. La prenant par le bras, il l'emmena dans la serre.
— Venez et racontez-moi tout. Pourquoi n'avez-vous pas le droit de danser ? demanda-t-il tout en la faisant entrer dans une sorte d'alcôve dont l'entrée était dissimulée par des palmiers ; il l'invita à s'asseoir sur un sofa.
— Je suis une gouvernante. Vous semblez l'oublier, répondit-elle.
— Pas du tout. Mais pourquoi une gouvernante ne peut-elle danser ? Y a-t-il une loi qui l'interdise ?
— Dans cette maison, oui, assura-t-elle sans amertume. C'est pourquoi je dois disparaître maintenant. Merci... Vous avez été très gentil.
— Mais c'est ridicule !
— Bonne nuit, capitaine, conclut-elle en se levant.
— Je refuse de vous laisser partir. Je veux danser encore une fois avec vous !
À cet instant, des voix retentirent dans la serre. Sir Robert était là, une jeune femme à son bras.
— Robert ! appela Davidson, tenant toujours la main de Sylvia. Il faut que je vous parle !
— C'est vous, Tim ? Qu'avez-vous donc à me dire ? répondit Sir Robert en s'approchant.
Sylvia remarqua que la jeune femme qui était avec lui n'était pas très séduisante. Plutôt forte, elle agitait de sa main gantée un éventail à paillettes.
— Voici. Je ne souhaite danser qu'avec miss Wace et elle veut absolument se retirer... Que fait-elle de la fameuse hospitalité de Sheldon Hall ?
Sir Robert la regarda gravement et elle se

sentit terriblement gênée. Elle savait qu'il suffisait de déclarer que c'était un ordre de Lady Clementina pour dresser le fils contre la volonté de sa mère. Honteuse, elle chassa cette pensée et, percevant une nuance de reproche dans le regard de Sir Robert, elle n'eut soudain qu'un désir : se retrouver seule dans sa chambre.

Elle releva la tête dans un geste inconscient d'orgueil et dit d'une voix tranquille :

— Lucy est seule, Sir Robert. Je préfère être près d'elle au cas où elle s'éveillerait.

Le regard de Sir Robert s'adoucit. Il se tourna vers Davidson :

— Désolé, mon cher Tim !

— Ce doit être la première fois que le capitaine Davidson n'obtient pas ce qu'il veut d'une femme ! gloussa l'invitée à l'éventail.

Sylvia profita de la gêne du capitaine pour saluer et s'enfuir. Évitant la salle de bal, elle emprunta une galerie qui donnait sur le hall. Bateson y surveillait les valets de pied qui desservaient la table.

— Avez-vous passé une bonne soirée, miss ? lui dit-il comme elle passait près de lui. Madame m'a chargé de vous avertir à onze heures et demie, l'heure convenable pour vous retirer. Vous êtes en avance de quelques minutes...

— Je n'ai nul besoin qu'on me rappelle ce que j'ai à faire, répliqua-t-elle sans s'arrêter. Souvenez-vous-en, Bateson.

Lorsqu'elle fut dans sa chambre, Sylvia s'assit devant le feu. Comme la vie est étrange ! Elle avait attendu ce dîner avec une folle impatience et maintenant, au lieu d'être remplie de joie, elle était triste. Il y avait à peine quelques semaines, rester à Sheldon Hall était pour elle un rêve inaccessible. Elle y vivait... Et ce matin, il lui avait semblé que son bonheur serait parfait si on l'autorisait à prendre part à cette soirée. Pourquoi en voulait-elle toujours davantage ? Elle avait été la plus jolie femme du dîner grâce à cette robe mauve et les hommes n'avaient cessé de l'admirer. Les invitées en avaient été jalouses, elle l'avait remarqué. Il fallait remercier Mrs Bootle à ce sujet. Demain, elle lui écrirait.

Sylvia appuya sa tête contre le dossier de son fauteuil et contempla le feu. La vie avait sa loi, elle donnait d'une main pour reprendre de l'autre ! Qu'allait-elle devenir ? Irait-elle de famille en famille, exerçant les fonctions de gouvernante – position où l'on était ignorée des employeurs et méprisée des autres employés ?

Elle ferma les yeux, imaginant le capitaine Davidson la serrant dans ses bras. Avec quelle étrange expression il lui avait offert de la revoir... C'était parce qu'elle était gouvernante qu'il ne pouvait la courtiser qu'en cachette. Était-ce donc cela qui l'attendait ? Des amours cachées et honteuses, de plus en plus dégradantes au fur et à mesure que les années passeraient. Et finalement, une vie stérile et vide de vieille fille, toujours plus aigrie.

Elle avait voulu être indépendante et ne voyait devant elle qu'obstacles et humiliations... Or, elle était jeune et un désir immense d'être heureuse l'habitait. Elle s'assoupit et s'éveilla en sursaut : Sir Robert était debout devant elle.

– Oh ! c'est vous...
– Vous dormiez ?
– Sans doute... oui...
– Il est trois heures, dit-il. J'allais me coucher et j'ai eu envie de venir voir si Lucy dormait.

Il lui tendit la main pour l'aider à se relever.
– Merci. Je suis désolée que vous m'ayez trouvée ainsi.
– C'est sans importance.
– Je... je m'étais assise pour réfléchir...
– À cette soirée ?
– Oui.
– Vous êtes-vous amusée ?
– Bien sûr! Vous avez été si aimable de m'inviter.
– Aimable ? De vous faire subir ce que je trouve si ennuyeux ? J'envie Lucy d'être encore trop jeune pour avoir à supporter les servitudes de la vie mondaine. Ce doit être pour cela que je suis venu... Pour comparer ma soirée à la sienne.
– Vous aimez les enfants ? demanda-t-elle.
Il regarda dans le vide avec une expression de tristesse.
– Beaucoup, affirma-t-il avec une simplicité qu'elle ne lui connaissait pas.
– Cette maison pourrait abriter une douzaine d'enfants !
– Je sais. Mais je ne me remarierai jamais, répondit-il avec un curieux air de défi.
– Mais pourquoi ?
Il la fixa sans la voir et déclara brusquement :
– Comme vous étiez belle, ce soir...
Et soudain, il plongea son regard dans le sien. Un courant passa entre eux, irrésistible et puissant. Les lèvres de Sylvia tremblaient; du feu coulait dans ses veines. Il l'attira vers lui.
– Pourquoi me tentez-vous ? demanda-t-il d'une voix qui trahissait la souffrance.
Et, la serrant contre lui, il l'embrassa avec une passion sauvage. Puis, la repoussant subitement, il sortit de la pièce. La laissant seule. Bouleversée.

9

Éthel ouvrit les rideaux, posa une tasse de thé sur la table de nuit et resta debout près du lit de Sylvia qui s'éveilla.

Elle sourit à la petite femme de chambre. Bien qu'elle eût à peine dormi de la nuit, elle ne se sentait pas fatiguée mais pleine d'une énergie nouvelle.

— Bonjour, Éthel.

C'était le signal que la jeune servante attendait.

— Oh, miss, quelle excitation ! s'écria-t-elle. Tout le monde est levé depuis cinq heures !

— Que s'est-il passé ?

— À cinq heures exactement, dit Éthel sur un ton théâtral, Sir Robert a sonné. Mr Bateson a couru à sa chambre, pensant que Monsieur devait être malade mais non, il était debout et même habillé... Et il voulait prendre le train de Londres, celui qui part de Mickledon à huit heures. Il a fallu préparer ses bagages, atteler une voiture... Quel affolement !

— Le train de huit heures ? répéta Sylvia. Il est donc parti ?

— Il est parti, assura Éthel. Il a quitté Sheldon Hall à sept heures moins le quart.

Soudain tremblante, perdue, Sylvia se demandait pourquoi il avait fui. Et, en dépit d'un douloureux sentiment d'abandon, elle sentait monter en elle une immense joie. Il l'avait embrassée et elle s'était blottie dans ses bras... Oui, elle l'aimait. Elle l'avait aimé dès le premier instant. Malgré son attitude hautaine, elle n'avait cessé de croire que le masque qu'il arborait n'était pas son vrai visage. Il pouvait être doux et humain et montrait celui qu'il réservait à sa fille. Sylvia était certaine qu'une douleur secrète était la cause de ce regard sévère et méprisant, de cette voix cassante et de cette froide réserve. Une douleur si aiguë qu'il ne pouvait l'oublier un seul instant. D'où venait-elle et pourquoi refusait-il ainsi toute douceur ? Elle devait le découvrir si elle voulait venir en aide à celui qu'elle aimait.

Cette pensée ne la quitta plus et, pendant la leçon d'arithmétique, après le petit déjeuner, son esprit était ailleurs.

— Mais non, Lucy, deux fois trois ne font pas dix. Réfléchis encore, dit-elle distraitement.

Et elle revoyait Sir Robert la prenant dans ses bras, elle entendait sa voix, elle sentait ses lèvres...

— N'est-ce pas juste ?
— Pardon, ma chérie...
— J'ai dit six ! Qu'avez-vous, ce matin ? Vous êtes fâchée ?
— Bien sûr que non, ma chérie.

Sylvia se pencha et prit le visage de l'enfant entre ses mains.

— Je ne suis jamais fâchée contre toi, tu le sais bien. Mais je crois que nous avons besoin de prendre l'air.

— Oh, oui ! s'exclama Lucy, repoussant son livre d'exercices et se levant d'un bond. Allons donner à manger aux daims !

Lucy sautait sur place tandis qu'un rayon de soleil embrasait sa chevelure. Sylvia eut un serrement de cœur en voyant ce reflet de cuivre incandescent qui contrastait avec le regard sombre et profond de l'enfant. Les mêmes cheveux, les mêmes yeux que ceux de l'homme qui, il y avait à peine quelques heures, l'avait contemplée avec une expression si possessive et passionnée.

— Je viens, Lucy. Laisse-moi te mettre ton manteau et ton chapeau puis nous irons dire bonjour à ta grand-mère.

— Il le faut vraiment ?

— Oui, ma chérie. Elle ne peut pas sortir comme toi. N'as-tu pas de la peine pour elle ?

— C'est difficile d'avoir de la peine pour grand-mère...

C'était bien l'avis de Sylvia. Pourtant, elle ne répondit pas et s'empressa de boutonner le manteau de l'enfant.

— Nous ne resterons pas longtemps, n'est-ce pas ? implora Lucy à voix basse tandis qu'elles se dirigeaient vers la chambre de Lady Clementina.

La jeune fille lui serra un peu plus fort la main avec un sourire encourageant. Une longue entrevue avec la vieille châtelaine était bien la dernière chose qu'elle désirât.

— Vous êtes matinales aujourd'hui ! dit Lady Clementina en les accueillant.

— Oui, grand-mère. Miss Wace a pensé que le grand air nous ferait du bien, répondit innocemment Lucy.

— Vraiment ?

Lady Clementina lança un regard sévère à Sylvia.

— Vous vous êtes certainement surmenée, hier soir, miss Wace. Avez-vous passé une bonne soirée, au moins ?

— Excellente, je vous remercie.

Comme d'habitude, Sylvia avait l'impression que par des questions détournées Lady Clementina, sûre qu'on lui cachait quelque chose, tentait de le découvrir. Elle semblait encore plus vieille et fragile que jamais, ce matin, et elle eut un élan de pitié pour elle. Le départ précipité de son fils devait l'inquiéter.

— Je voudrais vous remercier de m'avoir autorisée à y participer, ajouta-t-elle. C'était une soirée... inoubliable.

D'abord déconcertée, Lady Clementina se ressaisit rapidement et répliqua sèchement :

— Vous n'êtes pas venue me voir comme je vous l'avais demandé ?

— Je suis désolée. J'ai oublié.

— Oublié ? Je n'en suis pas certaine... La duchesse m'a affirmé que vous aviez fait sensation.

— C'est très aimable à elle, mais je ne crois pas que ça soit tout à fait vrai.

Comme Lady Clementina restait pensive un instant, Lucy s'écria :

— Pouvons-nous partir maintenant, s'il vous plaît, grand-mère ? Nous voulons donner à manger aux daims...

— Eh bien, vous pouvez y aller, dit la vieille châtelaine d'un air soucieux mais, comme Sylvia et Lucy allaient sortir, elle reprit : Mon fils a-t-il dansé avec vous, miss Wace ?

— Non, madame. Je me suis retirée presque tout de suite après le début du bal.

Lady Clementina n'ajouta rien, au grand soulagement de Sylvia et de Lucy qui se retrouvèrent bientôt dehors, au soleil, portant chacune un panier rempli de petits pains.

– Si nous pouvions attraper un bébé daim, Wacey, demanda Lucy, nous pourrions peut-être le garder avec nous dans la nursery ?

– Il serait sûrement très malheureux sans sa mère.

– Pourquoi donc ? Je n'ai plus de maman et je ne suis pas malheureuse, moi ! Oh... c'est sûrement parce que je vous ai, vous...

Sylvia se sentit envahie par le bonheur à ces paroles. Elle était, elle aussi, si tendrement attachée à la petite fille... Et puis, ce matin, rien ne pouvait l'empêcher d'être gaie. Pas même la brusque disparition de Sir Robert car son instinct lui disait que si elle n'avait rien représenté pour lui, il n'aurait pas fui ainsi.

Elles arrivèrent au grand chêne à l'abri duquel elles avaient l'habitude de nourrir les daims.

– Ne fais pas de bruit, ma chérie, chuchota-t-elle à Lucy. Ils ne viendront que si nous restons immobiles et muettes...

Leur patience enfin récompensée, les animaux vinrent chercher les petits pains qu'elles leur tendaient. Sur le chemin du retour elles passèrent devant une petite chapelle enfouie sous les arbres.

– Voici Nannie ! cria Lucy. Je reconnais son bonnet noir ! Laissez-moi la rejoindre !

Sans attendre la permission de Sylvia, elle fila comme une flèche et entra en courant dans le cimetière qui entourait la chapelle. Sylvia aperçut alors Nannie agenouillée devant une tombe. Lucy, arrivant derrière elle, l'enlaça de ses deux bras. La vieille sursauta et reconnaissant l'enfant, elle lui sourit. Mais elle avait les yeux rouges et gonflés de larmes.

– Un daim a mangé un morceau de pain dans ma main ! lui annonça Lucy, surexcitée.

— Comme je suis contente ! assura Nannie en se relevant avec peine.

— Nous vous avons dérangée... s'excusa Sylvia.

— Ce n'est rien, miss Wace, dit la vieille femme en s'essuyant les yeux avec son mouchoir. Ce n'est rien...

— Nannie... s'inquiéta Sylvia. Vous pleurez ? Pourquoi ces larmes ?

— Oh... Je pensais à un autre enfant...

— Et il est mort ? s'enquit Lucy.

Sylvia lut à mi-voix les mots gravés sur la pierre tombale :

— « En mémoire de Sir Edward Sheldon, sixième baronnet de Sheldon, mort le 20 février 1892. » Il y a onze ans aujourd'hui...

Voyant le bouquet de fleurs blanches que la vieille nounou avait déposé sur la tombe, elle ajouta :

— Personne d'autre ne se souvient de lui ?

— Madame ne supporte pas qu'on parle de lui, je vous l'ai dit... Il ne faudrait pas que Lucy...

— Qui est enterré ici ? l'interrompit la petite fille.

— Un petit garçon dont Nannie s'est occupée autrefois, répondit Sylvia en lui prenant la main. Et maintenant, viens, ma chérie. Rentrons.

Et elles prirent toutes les trois le chemin du château, Lucy marchant entre elles avant de courir devant. Alors, Sylvia demanda à Nannie :

— Sir Robert aimait-il son frère ?

— Il l'adorait, dit-elle simplement.

Lorsqu'elle fut à nouveau seule dans sa chambre, Sylvia repensa à Sir Edward. Pourquoi ne parlait-on jamais de lui ? Que signifiait tout ce silence à son sujet ? Mais parlait-on davantage de Mrs Cuningham, morte elle aussi, et qui avait été la femme de Sir Robert ? Non. En y songeant, Sylvia sentit la jalousie l'envahir. Pour la première fois. Sir Robert avait pourtant l'air si distant et indifférent qu'on pouvait difficilement l'imaginer marié. Néanmoins il avait aimé sa femme. Sinon pourquoi l'aurait-il épousée ? Et pourquoi, après sa fuite, aurait-il si obstinément refusé de divorcer ?

Sylvia sentit son cœur se serrer douloureusement. Il avait serré une autre femme dans ses bras. Soudain, elle couvrit son visage de ses mains. Son amour pour cet homme la hantait, la torturait, la rendait folle... la faisant passer de la joie au désespoir sans qu'elle y puisse rien, pour, finalement, la laisser accablée par un terrible sentiment d'abandon.

Elle alla jusqu'à la fenêtre et elle contemplait la lande qui s'étendait à perte de vue autour de Sheldon Hall, quand Éthel entra, lui apportant une lettre sur un plateau d'argent.

– Une lettre pour moi ? s'étonna-t-elle. Merci, Éthel.

Malgré l'évidente curiosité de la servante, Sylvia attendit qu'elle ait disparu pour ouvrir l'enveloppe. Ce ne pouvait être que le capitaine Davidson... Elle déplia la lettre et ayant vu la signature, elle pâlit et alla s'asseoir devant la coiffeuse.

Ma chère Sylvia,

Tu seras certainement étonnée de recevoir de mes nouvelles après tant d'années mais j'espère que tu seras heureuse d'apprendre que je suis en ce moment tout près de toi... À l'Homme vert, à Mickledon, et très impatiente de te voir. Peux-tu, dès réception de cette lettre, me faire savoir quand tu viendras ou, si tu préfères, quand je pourrai aller chez toi ?

Ta sœur affectionnée,
Romola.

Sylvia relut la lettre, ne pouvant en croire ses yeux. Elle la posa enfin sur la coiffeuse, fixant la feuille de papier, l'œil hagard. Romola à Mickledon ! Et impatiente de la voir !

Il y avait plus de six ans qu'elle n'avait vu sa sœur. Et jamais elle n'oublierait son départ, sa voix stridente résonnant dans la chambre de leur mère malade.

— Je m'en vais ! avait hurlé Romola. Et rien ni personne ne pourra m'en empêcher ! Comment supporter cette vie de misère et d'humiliation ? Moi, dépendre plus longtemps de la charité de notre famille ? Non ! Mr Groseman m'a promis un rôle et je serai comédienne !

Leur mère l'avait suppliée de ne pas les plonger dans la honte mais Romola avait ricané :

— Je ne veux pas de cette vie d'esclave ! Le ménage, la cuisine et la solitude... J'ai vingt-quatre ans ! et vous savez pourquoi aucun homme ne m'a encore demandée en mariage ? Parce que je n'en rencontre jamais ! Je veux être aimée, admirée, et si je ne me marie pas, ça m'est égal, je veux connaître l'amour tout de même ! Et quand je serai une comédienne célèbre, je suis sûre que vous changerez d'avis à mon égard !

— Tu me brises le cœur, Romola, avait murmuré Mrs Wace dans un sanglot.

Mais Romola avait quitté la chambre sans un regard de pitié et s'était retrouvée face à sa sœur qui attendait, terrifiée, dans le couloir.

— Je te laisse avec cette tâche, ma pauvre chérie, lui avait-elle dit. Mais tu es jeune, et moi, je ne peux laisser passer cette dernière chance. Je souhaite qu'un jour, tu puisses t'enfuir à ton tour. Désolée, ma petite. Au revoir.

Elle avait embrassé Sylvia à la hâte puis, craignant sans doute de se laisser attendrir par le désespoir de sa sœur, elle avait dévalé l'escalier et était partie sans se retourner. Partie sans bagages. Et pour toujours.

Oncle Octavius était accouru et il avait harcelé Sylvia de questions avec une curiosité malsaine, faisant sans cesse allusion à tout ce que la vie choisie par Romola avait de honteux, de sale et d'ignoble...

– Romola a dû te dire où elle retrouverait cet homme ? Sais-tu ce qu'ils faisaient ensemble ? Ne t'a-t-elle vraiment pas dit s'il l'avait... ? S'il la touchait ? S'il...

Sylvia avait juré ne rien savoir – et c'était vrai – mais oncle Octavius ne l'avait pas crue.

– Ta sœur doit être considérée comme morte, avait-il conclu. Elle a jeté la honte sur nous et particulièrement sur toi, ma chère enfant. Tu dois l'oublier, ne plus jamais prononcer son nom... Oublier jusqu'à son souvenir...

Mais comment aurait-elle pu oublier Romola alors que ses vêtements et toutes ses affaires étaient encore là ? Comment aurait-elle pu oublier cette grande sœur avec qui elle avait vécu depuis sa naissance, si belle et qu'elle avait tant admirée ? Romola avec ses cheveux brillants, ses grands yeux noirs, ses lèvres rouges et pulpeuses, son sourire troublant... ? Elle avait si souvent pensé à elle, cherchant des excuses à son silence : la crainte, la maladie ou plutôt une vie trop remplie...

Et maintenant, regardant cette lettre, Sylvia ne savait plus ce qu'elle éprouvait pour sa sœur.

Pourquoi voulait-elle la voir après ce long silence ? Et soudain, elle fut prise d'une sorte de panique. Elle réalisa qu'elle avait fini par se détacher de Romola et, à l'idée que l'on puisse connaître son existence à Sheldon Hall, elle était au comble de l'anxiété.

Il faisait bon dans la chambre et, pourtant, elle ne pouvait s'empêcher de trembler de tous ses membres.

10

Debout devant une fenêtre du salon de *l'Homme vert*, Romola Roma – c'était son nom de comédienne – contemplait la vue déserte avec la lande tout au fond.

Elle savait que pour atteindre un but, quel qu'il soit, il fallait être patiente. Pourtant, son attente lui paraissait bien longue... Et d'ailleurs, quel était son but ? Elle n'aurait su le dire exactement, sinon qu'elle sentait qu'elle était sur une bonne piste.

Impatiente, elle marcha jusqu'à la cheminée et contempla les flammes. Sylvia avait-elle beaucoup changé ? Son cœur se serra en pensant aux paroles de Charlie Cuthbertson :

– Elle est magnifique ! Il n'y a pas d'autre mot. Magnifique ! Une silhouette à vous rendre fou !

Était-ce la jalousie, se demandait Romola, qui la faisait souffrir à la pensée que Sylvia, sa petite sœur insignifiante, était devenue belle ? Ou était-ce le regret de n'être plus aussi jeune ? Romola avait trente ans, aujourd'hui. Elle avait souffert et, d'une certaine manière, elle souffrait encore. Elle avait connu toutes les désillusions de l'amour, les larmes et l'angoisse. Mais elle avait aussi vécu une folle vie amoureuse. Elle s'était livrée aux plaisirs de la vie, avait dansé des nuits entières.

Elle retourna à la fenêtre. La rue était toujours déserte. Quelques oiseaux dans le ciel pâle, c'était tout ce qu'on pouvait voir de vivant, d'ici. La beauté de Sylvia avait tourné la tête de Charlie qui ne parlait plus que d'elle. Romola n'avait d'abord pas fait attention à ses propos. Elle ne s'intéressait à ce garçon que s'il avait un rôle à lui offrir. Et puis, il avait prononcé un nom – « Miss Sylvia Wace » – qu'il avait lu sur les étiquettes accrochées à des bagages, dans une gare. Et, à ce nom, le cœur de Romola s'était arrêté de battre une seconde.

– Que dis-tu ? De qui parles-tu, Charlie ? avait-elle demandé. Où as-tu vu cette fille ?

– Le vieux Joe m'a envoyé à Newcastle pour entendre un acteur soi-disant génial. Je n'ai jamais vu un type plus mauvais !

– Je me moque de cet homme ! Mais cette fille ? Cette Sylvia Wace...

– Ça vient ! J'ai donc repris le chemin de Londres, quand, à cause d'une tempête de neige, le train nous a laissés en rade à Mickledon. Un trou sinistre où, grâce à Dieu, le pub n'est pas trop mal. Et là, qu'est-ce que je vois ? Une fille aux cheveux d'or... avec des yeux d'un bleu inouï et une allure... Habillée comme une princesse et tenant une enfant par la main...

– Une enfant ?

– J'ai tout de suite remarqué qu'elle n'avait

pas d'alliance. Alors, je me suis approché et je lui ai dit que j'avais une place rêvée pour elle, dans la capitale. Et alors... le propriétaire du pub m'a informé que cette merveilleuse créature, cette Vénus sur laquelle j'avais jeté mon dévolu, n'était pas pour moi mais pour un autre ! Pour qui ? Pour le financier de notre étoile bien-aimée Cicely Holme, pour l'homme dont nous sommes tous plus ou moins débiteurs : Sir Robert Sheldon. Alors je me suis dit que si Sir Robert avait un si bel oiseau à Sheldon Hall, il risquait fort de dire au revoir à Cicely, et à nous tous par la même occasion. Pourquoi viendrait-il dépenser de l'argent à Londres, avec une aussi jolie femme chez lui ? Sylvia Wace... Un nom à faire rêver. Qui est-elle ? Je ne cesse de me le demander...

Romola, elle, s'était demandé comment sa propre sœur avait pu connaître Sir Robert... Elle avait souvent croisé ce dernier tandis qu'il attendait Cicely pour l'emmener dîner. Combien de fois l'avait-elle vu, le soir des premières, assis dans sa loge avec son curieux petit sourire et n'applaudissant jamais ? Pourtant, les représentations devaient lui plaire puisqu'il les finançait...

Romola avait joué six mois dans *la Fille dans un ballon* avant de tomber malade. Une autre comédienne avait pris sa place. Guérie, elle avait rejoint l'armée de jeunes femmes à la recherche d'un rôle qui hantaient le promenoir et le bar, vêtues de manière voyante. Mais sa dernière maladie avait encore altéré sa beauté, la laissant nerveuse et abattue. Il lui avait fallu vendre ses derniers bijoux et la seule fourrure qui lui restait pour payer le docteur et vivre aussi longtemps qu'elle n'aurait pas de travail. Elle s'était persuadée que sa chance tournerait, que sa faiblesse physique n'aurait qu'un temps, mais l'atmosphère enfumée des restaurants et des bars la faisait tousser. Parfois, elle était prise de vertiges et se sentait si mal qu'elle n'entendait plus ce qu'on disait autour d'elle. De plus, son raffinement naturel l'avait toujours empêchée de rivaliser avec les femmes qui buvaient autant que les hommes et riaient de leur humour, le plus souvent trop rude. Et puis la mode était aux femmes rondes, aux fortes poitrines, aux épaules enveloppées, aux hanches triomphantes, et Romola était mince, fine, avec un teint maladif à cause de sa mauvaise alimentation. Et, au moment où elle avait appris que sa sœur vivait à Sheldon Hall et qu'elle était une beauté, il y avait six semaines que l'on n'avait pas vu Sir Robert à Londres, ce qui ne s'était encore jamais vu. Romola avait alors recueilli les confidences de l'habilleuse de Cicely :

– Elle l'aime, lui avait-elle dit. Elle est vraiment amoureuse de lui. C'est vrai, il est bel homme et riche avec ça, mais trop froid et distant à mon avis. Le jeune Lord Marlow, lui, est bien différent... toujours gai ! Il emmène miss Holme dîner au Savoy. Malheureusement, il est ruiné et, après cette pièce, il faudra bien que quelqu'un finance le prochain spectacle... Ce sera peut-être encore Sir Robert. Ah ! elle l'aime mais elle n'obtiendra jamais rien de définitif de cet homme-là. Il n'est pas du genre à se marier, vous pouvez me croire.

Cela signifiait-il que son innocente petite sœur était allée vivre chez Sir Robert sans avoir de chances de devenir sa femme ? Cela semblait impossible à Romola. Et d'ailleurs, si Sylvia était la gouvernante de l'enfant, comment pouvait-elle être habillée « comme une princesse » ?

Un soir, en revenant du théâtre en cabriolet, Romola avait pris froid. Après une semaine de forte fièvre, elle s'était sentie si faible qu'elle avait immédiatement pris la décision d'aller voir Sylvia. Elle avait porté les quelques trésors qui lui restaient au mont-de-piété et avait fait sa malle. En arrivant à Mickledon, elle s'était installée à *l'Homme vert* et avait envoyé un message à Sylvia. Quand le coursier lui avait apporté la réponse de sa sœur, elle en avait presque défailli d'émotion, puis elle avait lu :

Ma chère sœur,
Si possible, je viendrai te voir demain après-midi. Sinon, après-demain.
Bien sincèrement à toi,
Sylvia.

Et, depuis, Romola attendait. Enfin Sylvia arriva. Elle portait la robe noire et le chapeau de Mrs Cuningham et l'émotion colorait ses joues et faisait briller ses yeux. Romola la regarda, le souffle coupé. Quant à Sylvia, dès qu'elle vit sa sœur, son sourire s'évanouit, aussitôt remplacé par une expression inquiète.

— Romola ! Tu as été malade ? Que t'est-il arrivé ?

Et, tendant les bras, elle la serra contre elle. Tout le ressentiment qu'elle avait accumulé durant ces années de silence disparut devant la maigreur de Romola, son visage tiré, ses joues creuses et ses yeux cernés.

— Parle-moi de toi, dit-elle en s'asseyant près d'elle. Pourquoi es-tu ici ? Qu'as-tu fait pendant toutes ces années ? Oh, Romola ! Tu as l'air malade...

— J'ai été très fatiguée et c'est pour cela que je suis venue dans le Nord. Il paraît que l'air d'ici me fera du bien... À mon arrivée ici, j'ai appris que nous étions voisines. Au début, je ne pouvais le croire puis j'ai fini par t'envoyer cette lettre. Espérant de toutes mes forces que je reverrais enfin cette sœur que j'aimais tant.

— Romola, pourquoi n'as-tu pas écrit plus tôt ? Pourquoi ne m'as-tu jamais fait savoir où tu habitais ?

Romola fit un geste d'impuissance.

— Ma chérie, dit-elle doucement, il me semblait que je n'avais pas le droit. Tu étais si jeune, si innocente. Le mieux que je pouvais faire était de te laisser en paix.

— Mais, Romola, je suis presque devenue folle d'anxiété à force d'attendre de tes nouvelles ! Maman ne m'en a jamais parlé mais je suis certaine qu'elle aussi en espérait. Elle est morte... Je ne pouvais te le faire savoir. Elle est morte au début de l'année.

— Je la croyais morte depuis plus longtemps, déclara Romola brutalement. Je veux dire... elle était incurable. Alors, c'est mieux ainsi... Elle souffrait tant ! Mais j'aurais aimé la revoir.

— Poolbrook n'est pas si loin de Londres ? N'était-ce pas là que tu vivais ?

— Si tu savais combien de fois j'ai eu envie de revenir à la maison... Mais après être partie de... de cette façon, c'était impossible.

— Pourquoi... impossible ? Nous aurions été si heureuses de te revoir !

— Mais parle-moi de toi... Que fais-tu à Sheldon Hall ?

— Je suis la gouvernante de la fille de Sir Robert Sheldon.

— J'ignorais qu'il avait des enfants...
— Lui aussi, répondit Sylvia, et elle lui raconta toute l'histoire de Mrs Cuningham.

Romola l'écoutait, attentive, observant son visage et ses mains fines sagement posées sur ses genoux.

— Et je suis heureuse, conclut-elle. Lady Clementina est un peu effrayante et terriblement curieuse aussi... Je lui ai dit que je venais te voir, cet après-midi. La seule chose que je lui ai cachée est que tu es comédienne... pour ne pas la choquer.

— Tu as bien fait. Parce que... J'espère que tu vas pouvoir t'arranger pour que je séjourne au château !

— Je ne sais pas... Je n'y avais pas songé, bredouilla Sylvia, stupéfaite. Je ne suis pas sûre que Lady Clementina accepterait... Tu sais, je suis chargée de l'éducation de sa petite-fille et je dois être très sérieuse, très stricte...

— Oh ! Tu as toujours été une petite sainte, répondit Romola d'un ton pincé. Tu refusais même de voler des pommes dans le jardin du voisin parce que tu craignais de déplaire au Bon Dieu, tu te souviens ?

— Écoute, Romola, j'aimerais beaucoup que tu puisses venir à Sheldon Hall, mais je ne vois pas comment faire...

Romola se leva.

— J'ai compris. Je resterai seule ici. Je suis malade. Les médecins ne me donnent plus très longtemps à vivre. Tu es la seule que j'aie jamais aimée et je croyais que tu m'aimais aussi. J'ai traversé des moments si pénibles... Je m'aperçois qu'il n'y a plus de place pour moi dans ta vie.

Romola se dirigea vers la fenêtre, tournant le

dos à Sylvia qui pouvait voir ses épaules agitées de légers soubresauts. Elle s'approcha d'elle.

– Romola ! Tu sais bien que je ferai tout ce que tu veux ! Je vais le demander à Lady Clementina. Si elle refuse, je n'y pourrai rien mais je vais le lui demander. Dès aujourd'hui !

– Vraiment ? demanda Romola en se retournant, les yeux secs. Alors, écoute-moi, il ne faut pas que tu parles de ma vie de comédienne. Nous allons inventer une histoire si parfaite qu'ils y croiront tous !

Sylvia, déroutée, eut un petit rire nerveux. Elle retrouvait sa Romola : impétueuse, audacieuse et fascinante. Sa grande sœur au charme fou. Un charme auquel elle n'avait jamais pu résister.

11

Romola courut dans la chambre de Sylvia, claqua la porte derrière elle et joignit les mains, mimant la piété la plus austère.

– Et voici la veuve du regretté révérend Theosophilus Brent, missionnaire en Afrique noire... Ne suis-je pas bien dans le rôle ?

Sylvia se leva, horrifiée.

– Chut ! Ne parle pas si fort ! Quelqu'un pourrait t'entendre...

– Qui pourrait s'intéresser à moi au point d'écouter ce que je raconte ? dit Romola d'un ton moqueur mais en baissant le ton.

– Comment ça s'est passé ? Qu'a dit Lady Clementina ?

— Elle a été charmante, ma chère. Elle sera très heureuse que je reste auprès de ma jeune sœur aussi longtemps que le chagrin m'accablera. J'aurais voulu que tu m'entendes ! Je n'ai jamais aussi bien joué !

— Je suis heureuse que tu puisses rester ici. Tout de même, sois prudente... Imagine que tu oublies ton rôle ! J'étais très gênée lorsque j'ai parlé de toi à Lady Clementina. Je suis sûre qu'elle ne m'a pas crue.

— Moi, j'ai été très convaincante, affirma Romola en jetant un coup d'œil circulaire autour d'elle. C'est que tu es très bien installée...

— N'est-ce pas ? reconnut Sylvia. La chambre de Lucy est là et il y a aussi la salle de jeux.

— Et comment ça se passe, quand le redoutable Sir Robert est à la maison ?

— Parfois, lorsqu'il n'y a pas d'invités, nous descendons prendre nos repas dans la salle à manger. Mais nous passons toujours l'après-midi ici.

Romola regarda sa sœur d'un air narquois.

— Ne me dis pas que tu n'as pas profité des... possibilités qui ont dû se présenter depuis que tu es ici ?

— Que veux-tu dire ?

— Cesse de jouer les innocentes ! Toi et Sir Robert, seuls dans cette grande maison, avec Lady Clementina toujours calfeutrée dans sa chambre... Allons, dis-moi la vérité.

— Il ne s'est rien passé, répondit Sylvia en rougissant.

Romola la regarda de son air ironique.

— Ou tu mens ou tu es une oie.

— Romola !

— Je te taquine ! Mais si j'avais été à ta place,

il se serait déjà passé beaucoup de choses...

— Oh, Romola ! Tu seras prudente, n'est-ce pas ? supplia Sylvia. Au moindre geste qui lui déplairait, Lady Clementina nous jetterait dehors toutes les deux. Tu sais ce qu'elle m'a dit ? Qu'elle renverrait sur-le-champ n'importe quelle jeune femme à leur service qui chercherait à séduire Sir Robert !

— On t'a donc prévenue, dit Romola en s'asseyant devant le feu avec un rire aigu. Je crois que je vais m'amuser ici, Sylvia. J'aime ce cadre. On se croirait au théâtre. Lady Clementina, évidemment, a le rôle de la fée Carabosse. Toi, celui de l'héroïne craintive et timide. Sir Robert est le héros. Et moi ? Moi... Je jouerai la femme fatale ! Celle qui a vécu et qui détourne le héros du droit chemin.

— Oh non ! s'écria Sylvia, accablée.

— Ai-je été méchante avec toi, ma chérie ? Pardonne-moi. Je te promets de bien me conduire et de ne pas te porter tort. C'est le fait de savoir que j'aurai à dîner, ce soir, et un lit où dormir qui me rend si volubile !

Sylvia, dans un geste impulsif, vint s'agenouiller près de sa sœur.

— Pourquoi n'es-tu pas venue à la maison ? Pourquoi n'as-tu pas écrit ? J'aurais fait l'impossible pour t'aider. Tu le sais.

— Je n'en ai jamais douté, répondit Romola en souriant. Mais j'aurais préféré mourir de faim plutôt que de reconnaître ma défaite. À certains moments, j'ai été à deux doigts de le faire mais à d'autres, je te le dis franchement, j'ai eu du bon temps !

— Pauvre Romola !

— Ah non ! Pas de pitié ! Les gens paient pour

leur bêtise, jamais pour leur méchanceté. Les salauds prospèrent comme les mauvaises herbes tandis que les braves gens souffrent et se font écraser.

Elle déclara cela d'un ton si désabusé que Sylvia l'entoura de ses bras en un geste protecteur, mais Romola se dégagea.

– Je ne veux pas de ta pitié ! Et puis, rappelle-toi qu'en qualité de veuve du révérend Theosophilus, j'ai eu un passé bien différent. Toute ma vie a été consacrée à sauver les âmes des sauvages et à couvrir leur nudité avec des chemises de coton confectionnées par de pieuses vierges... déclama-t-elle en se levant et en allant jusqu'à la coiffeuse. Mon Dieu ! s'écria-t-elle en découvrant son visage dans le miroir. Je ne suis pas surprise que Lady Clementina ait cru à mon histoire. Mes meilleurs amis ne me reconnaîtraient pas...

Elle enleva son chapeau gris qui, dépouillé des plumes rouges dont il était encore orné quelques heures auparavant, avait bien piteuse allure.

– Aurai-je l'honneur de revoir Madame, ce soir ? demanda-t-elle.

– Il se peut qu'elle t'envoie chercher mais ça me semble très peu probable.

– Dans ce cas, je peux mettre un peu de rouge à joues. Regarde ça... Je suis blafarde !

– Tu avais un si joli teint, autrefois.

Romola eut un rire amer.

– La débauche abîme le teint, répondit-elle. Et maintenant, montre-moi ma chambre.

– Je dois d'abord demander à la personne responsable. Si tu veux bien m'attendre, je reviens.

Restée seule, Romola observa attentivement

la chambre de sa sœur et ouvrant la penderie, elle passa en revue les robes de Sylvia. Elle ne put retenir un sifflement d'admiration en découvrant la robe mauve. Elle la prit et, s'étant placée devant le miroir, la mit devant elle en riant d'une manière étrange. Elle se contemplait quand la porte de la chambre s'ouvrit. Lucy, accompagnée de Nannie, apparut, encore vêtue de son manteau.

— Oh, Wacey... commença Lucy.

Romola se retourna et il y eut un silence. Nannie prit la parole.

— Je vous demande pardon. Je croyais que miss Wace était ici.

— Je suis la sœur de miss Wace, dit Romola en s'avançant, la main tendue. Vous devez être Nannie ? Quant à vous, vous êtes Lucy. Sylvia m'a beaucoup parlé de vous deux.

— Je ne savais pas que Wacey avait une sœur, s'écria Lucy en regardant Romola.

— Eh bien, elle en a une ! C'est moi ! Nous ne nous étions pas vues depuis très longtemps. Sais-tu que je me souviens de Wacey lorsqu'elle avait le même âge que toi ?

Elle parlait sur un ton doucereux qui trahissait son désir de séduire Lucy, mais celle-ci prit la main de Nannie et lui dit :

— Allons dans ma chambre. Je vais enlever mon manteau et je serai prête quand Wacey reviendra.

— Bonne idée ! Pourriez-vous dire à miss Wace que nous sommes dans la pièce voisine, madame ?

— Je le lui dirai, répondit Romola, vexée.

Un instant plus tard, Sylvia ouvrait la porte.

— Tu as la chambre à côté de la mienne,

s'écria-t-elle. C'est une jolie pièce, très ensoleillée le matin. Viens voir !

Romola prit son chapeau et la suivit. C'était une bien jolie chambre, en effet, avec ses murs tendus de soie moirée à motifs fleuris, ses rideaux assortis, son grand lit à colonnes et ses meubles en noyer.

— Tu ne tarderas pas à te sentir mieux, dit Sylvia. Comme je suis contente que tu sois ici !

— Ne te réjouis pas trop, murmura Romola en fixant, le front contre la vitre, la pelouse qui s'étendait sous ses fenêtres.

— Pourquoi ?

— Je ne sais pas. Tu as une telle confiance en moi... Peut-être qu'après toutes ces années, j'ai beaucoup changé ?

— Mais non ! Tu es toujours la même, répondit Sylvia un peu désorientée, à l'exception de ta maigreur. Dès que tu riras de nouveau et que tes yeux auront retrouvé leur éclat, je suis sûre de te retrouver telle que tu étais lorsque tu revenais en courant de l'école pour me raconter ta dernière aventure ! La maison était tellement silencieuse et triste sans toi...

Romola fixa sa sœur un instant, tendue, comme sur le point de se confier. Et soudain, elle détourna les yeux.

— Pourquoi nous torturer avec ces souvenirs ? s'écria-t-elle d'une voix dure. Oublions tout et amusons-nous ! Si tu savais comme je suis fatiguée...

Sylvia ne répondit pas. Il y avait trop de choses qu'elle ne comprenait pas dans le comportement de Romola. Elle n'avait qu'une certitude, c'était qu'elle avait les nerfs à vif et qu'il fallait la traiter avec douceur.

— Tu devrais te coucher, lui dit-elle. Je vais te faire monter à dîner. Et demain, après une bonne nuit, tu te sentiras mieux. Je vais défaire tes bagages. Veux-tu prendre un bain ?
— Oh ! J'ai oublié de te dire que Lucy et Nannie étaient revenues... s'écria Romola.
— Je reviens, dit Sylvia. Je dois voir Lucy. Mais... fais attention, ne permets à personne de défaire tes valises... Si l'on découvrait que ta garde-robe n'a rien de celle d'une femme de pasteur, Lady Clementina en serait immédiatement informée et...
— Mon Dieu ! Quelle maison ! l'interrompit Romola en éclatant de rire.

Sylvia trouva Lucy en train de dîner.
— Oh, Wacey ! J'ai cru que vous ne viendriez jamais, dit l'enfant sur un ton de reproche.
— Je suis désolée, ma chérie. On ne m'a pas dit que tu étais de retour.
— J'ai pourtant demandé à votre sœur de vous avertir que nous étions rentrées, intervint Nannie.
— Elle a été très malade, expliqua Sylvia. Il faut lui pardonner d'avoir oublié.
— Elle est partie ? demanda Lucy.
— Non. Elle va rester quelque temps avec nous. Ta grand-mère l'a invitée.
— Je ne l'aime pas, déclara tout net la petite fille.
— Allons, Lucy, dit Nannie. Miss Wace est sûrement très heureuse d'avoir sa sœur auprès d'elle. Tu ne devrais pas parler ainsi de quelqu'un que tu ne connais pas.
— Mais je ne l'aime pas ! s'obstina Lucy.
— Tu changeras d'avis, tu verras, dit Sylvia, conciliante. Et maintenant, je crois qu'il est temps d'aller au lit !

Lucy prit sa poupée et suivit sa gouvernante dans sa chambre. Lorsqu'elle fut couchée et bordée, elle lui tendit les bras.

— Je me suis ennuyée sans vous, aujourd'hui, Wacey, dit-elle. J'ai vu les bébés chats... Je voulais en prendre un, mais Nannie a dit qu'il était encore trop petit pour quitter sa mère.

— Il grandira vite et bientôt, tu pourras l'amener ici, assura Sylvia.

— J'étais sûre que vous diriez ça ! Oh, Wacey ! Je vous aime beaucoup mais pas cette femme. Est-ce qu'elle va rester longtemps ? J'espère que non...

Sylvia l'embrassa sans répondre et se retira dans sa propre chambre. Au fond d'elle-même, elle souhaitait, comme Lucy, que Romola ne s'installe pas à Sheldon Hall... mais elle se reprochait ce sentiment. Sa sœur avait été trop malheureuse, voilà tout. Il fallait maintenant s'occuper d'elle et l'aider à recouvrer une bonne santé. Dès qu'elle irait mieux — c'était l'affaire de quelques semaines — , elle se lasserait de Sheldon Hall et repartirait pour Londres.

Un peu plus tard, elle alla lui dire bonsoir. Elle frappa discrètement et, comme elle allait ouvrir, elle s'aperçut que la porte était fermée à clé.

— Qui est-ce ? demanda Romola d'une voix sèche.

— C'est moi, Sylvia...

— Une seconde, je t'ouvre.

Ce que vit alors Sylvia la laissa muette de stupeur. La chambre était dans un désordre indescriptible. Des vêtements bleu canard, rouge vif, vert pomme ou jaune citron traînaient partout — sur le sol, les sièges, le lit... — mêlés à toutes sortes de jupons et dessous féminins en soie et en dentelle... Devant l'air ahuri de sa sœur, Romola se mit à rire.

– Qu'est-ce qui t'arrive ? lui dit-elle. Je cherche simplement ce que je pourrais bien porter pour ressembler à la veuve d'un pasteur et, tu vois, je ne trouve rien !

– Comment as-tu pu acheter autant de vêtements !

– Petit à petit, répondit Romola d'un ton désinvolte. Les comédiens doivent souvent se procurer leurs vêtements de scène, tu sais.

– Ah, je comprends... murmura Sylvia, incrédule, car elle avait toujours entendu dire que les petits rôles étaient très mal payés. Celle-ci est merveilleuse, ajouta-t-elle en ramassant une exquise robe de soie.

– Je l'ai achetée pour une soirée donnée par Lord Carstairs... un charmant jeune homme qui a été... très gentil avec moi, à une certaine époque.

– Et tu l'as achetée pour une seule soirée ? Mais elle a dû coûter très cher !

– Il suffit de savoir faire des affaires, marchander...

Sylvia reposa la robe et en prit une autre, en mousseline de soie d'un vert acide. La jupe et les manches bouffantes étaient semées de petites roses brodées en fil d'argent.

– Celle-là aussi est très belle, dit-elle en l'admirant. Mais... tu n'as que des robes de soirée ? Où sont les autres ?

– Dans cette valise. Tu sais, je sors beaucoup le soir. Et le jour, je dors.

– Oui, bien sûr... Écoute, Romola, il faut cacher toutes ces robes. Si Lady Clementina les voyait, elle ne croirait jamais que tu as ramené tout cela d'Afrique... et que tu les as portées au bras d'un pasteur... Oh ! je t'en prie, sois prudente ! Tôt ou tard, elle apprendra tout !

— Eh bien, range-les ! ordonna Romola avec une espèce de rage déplaisante. Et les jupons aussi.

— Ils sont si jolis... s'extasia Sylvia. Celui-là... avec cette dentelle si fine et ces petits rubans de velours noir... quel travail ! C'est dommage de le porter sous une robe où personne ne peut le voir...

— Oui, n'est-ce pas ? répliqua Romola d'un ton amer.

Sylvia se mit au travail et, sous l'œil ironique de sa sœur, elle rangea tout – lingerie fine, robes, chaussures, écharpes incrustées de paillettes – dans une malle qu'elle ferma soigneusement.

— Où vis-tu à Londres ? demanda-t-elle en se redressant.

— Oh ! J'ai habité un peu partout...

Romola s'était déshabillée et avait revêtu une luxueuse robe d'intérieur en satin blanc gansée de dentelle.

— Tu sais, Sylvia, je crois que nous ferions mieux de ne pas parler de mon passé, dit-elle en baissant les yeux.

— Je ne voulais pas me mêler de ce qui ne me regarde pas !

— J'en suis persuadée mais je préférerais tout de même ne plus en parler. Oublions-le. Faisons comme si j'avais mené une vie exemplaire à l'étranger pendant ces six années, avant de devenir veuve... Tu veux bien ?

— Oui, tu as raison. Oublions le passé, répondit Sylvia d'un ton bref.

— Et donne-moi ta parole que, quoi qu'il arrive, tu ne révéleras ma véritable identité à personne sans mon autorisation. Tu le promets ?

— Bien sûr... Pourquoi es-tu si solennelle tout à coup ?

— On ne sait jamais, dit Romola en ouvrant un tiroir de la coiffeuse. Et maintenant, ajouta-t-elle d'un air narquois, je vais vraiment te choquer... Je vais fumer une cigarette.

— Tu fumes ?

— Oui. Ça te scandalise, n'est-ce pas ?

— Non, non... Mais ne fume pas ici ! On sentira l'odeur du tabac et Lady Clementina le saura.

— Fumer me calme les nerfs.

— Mets-toi au lit. Je vais demander un médicament à Nannie. Elle a tout ce qu'il faut... Elle te donnera un sirop calmant ou une tisane. C'est mieux qu'une cigarette.

— On se croirait dans un pensionnat de jeunes filles, ironisa Romola en remettant toutefois le paquet de cigarettes dans le tiroir.

Sylvia la quitta et revint après le dîner. Romola était couchée, enfouie sous les couvertures. Elle semblait plus calme.

— Je suis si bien, murmura-t-elle. Je voudrais presque mourir maintenant.

— Tu dis n'importe quoi ! Autrefois, tu ne te laissais jamais abattre. Tu avais une telle vitalité...

— Si tu savais la vie que j'ai menée... en Afrique, bien entendu.

— Au fait, que sais-tu de l'Afrique ?

— Pas grand-chose...

— Demain matin nous irons à la bibliothèque. Il faut que tu te renseignes. Imagine que les Sheldon aient un invité qui connaisse parfaitement l'Afrique ? Ce serait terrible... Tout serait découvert ! Ah, j'aurais préféré ne pas avoir à mentir... Et puis, je suis ici pour donner le bon exemple à Lucy.

— Et je suis certaine que tu t'acquittes admirablement de cette tâche, affirma Romola. Et Sir Robert ? Est-ce qu'il donne le bon exemple, lui, dans son château ?

— Oui, absolument.

— Il attend d'être à Londres pour faire ses fredaines...

— Pourquoi dis-tu cela ?

— Parce que dans la capitale, il a plutôt une réputation de noceur. Ça t'intéresse ?

— Évidemment puisqu'il est mon employeur. Une réputation de... noceur ? C'est curieux... Et tu as des preuves de ce que tu avances ?

— Oh, ça oui ! Mais je ne voudrais pas souiller tes chastes petites oreilles...

Sylvia détourna les yeux, partagée entre son orgueil et sa curiosité.

— Tu as peut-être raison, répondit-elle calmement après un bref silence.

— J'en suis sûre. Et maintenant, je vais dormir. Un jour je te dirai comment j'ai appris que tu vivais ici.

— Dis-le-moi maintenant... s'il te plaît...

— C'est une trop longue histoire. Et nous avons décidé d'oublier mon passé, non ?

Romola ferma les yeux. Sylvia la contempla une minute et se leva ; la croyant endormie, elle se dirigea vers la porte sur la pointe des pieds.

— Un vieux dicton conseille de garder toujours un atout dans sa manche. C'est ce que je fais... ajouta soudain Romola.

Sylvia se retourna mais sa sœur avait déjà refermé les yeux.

12

— Quelle agitation, miss ! s'écria Éthel en tirant les rideaux.
— Que se passe-t-il ? demanda Sylvia.
Elle avait mal dormi et Sir Robert était apparu dans ses rêves, il l'embrassait si passionnément que cela l'avait réveillée. Elle avait eu alors l'étrange certitude qu'à cet instant précis, il pensait à elle avec la même intensité.
— Sir Robert revient à Sheldon Hall ! annonça Éthel d'un ton théâtral.
Cette nouvelle était la suite logique de son rêve, aussi Sylvia n'en fut-elle pas surprise. Elle s'assit dans son lit.
— Quand arrive-t-il ?
— Aujourd'hui. Et avec tout un groupe d'amis.
— Un groupe d'amis ?
— Oui, miss. Il en a informé Madame ce matin, par lettre. Mr Bateson dit qu'il y a des années que la maison n'aura pas été aussi remplie. On est même en train de préparer des chambres au deuxième étage !
— Qui sont ces amis que Sir Robert amène avec lui ? demanda Sylvia, gênée d'encourager Éthel à parler mais incapable de maîtriser sa curiosité.
— Je ne sais pas... Et Madame n'en a rien dit à Mr Bateson. Mais quelle excitation ! Tout ce monde !...
Sylvia ne répondit pas. Sir Robert n'était près d'elle que dans ses rêves... Dans la réalité, il

avait ses amis, sa vie où elle n'avait aucune place. Soudain, elle se sentait faible et abandonnée. Que représentait-elle pour lui ? Rien, c'était évident. Il était à mille lieues de se douter qu'elle avait souffert de son départ et maintenant, il ne revenait pas pour elle mais pour jouir de sa magnifique demeure en compagnie de ses amis...

Levant les yeux, Sylvia vit qu'Éthel attendait une réponse, avec une expression de dévotion attendrissante.

– Oui, tous ces invités... ça va être très excitant, déclara-t-elle avec un entrain forcé.

– J'ai prévenu Mrs Brent, dit Éthel avant de sortir. Elle craint de n'avoir pas de quoi s'habiller comme il convient, mais vous, avec votre robe mauve, vous serez parfaite.

Romola croyait-elle donc qu'elle serait de la fête ? Elle n'allait pas tarder à perdre ses illusions... Sylvia se souvint brusquement des humiliations qu'elle avait subies le soir du fameux dîner où Lady Clementina lui avait interdit de danser. Le baiser que Sir Robert lui avait donné cette nuit-là avait tout effacé comme par magie. Mais maintenant qu'elle doutait de sa fidélité, le souvenir de ces vexations lui revenait en mémoire. La manière dont la duchesse avait levé les sourcils lorsqu'elle lui avait été présentée, les regards dédaigneux des autres femmes, la proposition d'un rendez-vous secret par le capitaine Davidson, l'attitude de Bateson... Tout le monde lui avait fait sentir qu'elle était inférieure... Et Romola subirait le même sort, c'était certain.

Je pourrais pourtant être heureuse ici... songea-t-elle, n'osant formuler, même en pensée, toute la vérité – à savoir qu'elle ne le serait que si Lord Sheldon l'aimait et lui appartenait.

Elle se leva, passa sa robe de chambre et se rendit chez sa sœur. Romola, déjà levée, se contemplait dans le miroir au cadre doré de la coiffeuse.

– Tu es au courant de la nouvelle ? lui demanda-t-elle tout de suite.

– Oui, Éthel vient de m'en faire part. Il paraît que tu es inquiète pour tes toilettes ?

– Qui ne le serait pas ? Je me demande quel genre d'amis Sir Robert va amener. Tu en as une idée ?

– Aucune. Mais j'espère que tu ne t'imagines pas que nous serons invitées à nous joindre aux amis de Sir Robert ? Lady Clementina ne le permettra jamais !

Romola se mit à rire.

– Ma pauvre Sylvia ! Il t'en faut peu pour capituler. Laisse-moi m'occuper de tout.

– Que vas-tu faire ?

– J'ai mon idée mais je ne t'en dirai rien. Tu n'as jamais eu le sens de la stratégie.

– Fais attention, Romola, je t'en supplie... À la moindre imprudence, nous devrons partir toutes les deux.

– Et cette perspective te fait horreur, n'est-ce pas ? Mais pas seulement parce que tu aimes la petite Lucy...

– Que veux-tu dire ? demanda Sylvia en rougissant.

– Tu m'as très bien comprise. Je viens tout simplement de te dire que tu ne savais pas mentir. Je sais depuis mon arrivée que tu es amoureuse de Sir Robert. Chaque fois qu'on parle de lui, ton expression, ta voix... tout te trahit.

Sylvia regarda sa sœur avec consternation et celle-ci éclata de rire.

— Il faut croire que Lady Clementina a la vue qui baisse avec l'âge pour ne pas avoir deviné tes sentiments !

— Je ne sais que répondre, avoua Sylvia, rouge comme une pivoine.

— Eh bien, à ta place je dirais la vérité et j'avouerais, tout au moins à ma sœur, que je suis follement amoureuse de cet homme.

— Je ne sais pas si je le suis... et puis il est si étrange, si distant... et pourtant...

— Pourtant ?...

Mais Sylvia ne pouvait livrer à personne son unique secret : ce moment d'intense bonheur qu'elle avait connu quand Sir Robert l'avait embrassée.

— Tu as toujours été stupide, reprit Romola d'une voix curieusement douce. Moi, je sais profiter des occasions que la vie offre.

Elle se tourna à nouveau vers le miroir.

— Je suis déjà beaucoup mieux, dit-elle.

Trois semaines de repos et de bonne nourriture lui avaient en effet rendu son teint lumineux et son éblouissante beauté. Son comportement aussi avait changé. Elle riait plus souvent et sa voix avait plus de douceur.

— Pour le moment, ajouta-t-elle, la beauté de la famille, c'est tout de même toi.

— Bien sûr que non ! s'écria Sylvia. Tu as toujours été la plus belle.

— Et toi tu as toujours été la plus gentille. Je crois que tu souhaites sincèrement mon bonheur.

— Plus que tout au monde !

— Même si mon bonheur devait affecter le tien ? demanda Romola avec une légère ironie.

Aurais-tu oublié que je t'ai déjà laissée seule avec maman malade ?

— Je ne te l'ai jamais reproché, pas même au fond de mon cœur. Tu as eu une occasion et tu l'as saisie. Si les rôles avaient été inversés, j'en aurais sûrement fait autant.

— J'en doute. Je crois plutôt que tu te serais sacrifiée... Espérons que l'avenir nous réserve une vie meilleure à toutes deux.

— Oui, espérons-le...

— Aide-toi, le Ciel t'aidera, dit Romola d'un ton brusquement dur. Tu comprends ça ? Il va falloir te secouer, Sylvia. Inutile d'attendre dans ton coin que tes rêves se réalisent. Il faut se battre pour obtenir ce qu'on veut ! Mais ce n'est pas ton genre. Tandis que moi, j'aime me battre.

— Et que veux-tu ?

— Tant de choses... De l'argent, d'abord. Et puis du pouvoir, une bonne position, la sécurité... Tout cela s'achète d'ailleurs avec de l'argent. Rien n'a d'importance en dehors de l'argent.

— Pas même l'amour ? demanda Sylvia doucement.

— L'amour ? cria Romola avec colère. Tu peux aussi l'acheter avec de l'argent ! Enfin... celui dont rêvent la plupart des gens. Et l'amour sans argent n'est que de l'esclavage.

— Je t'en prie, calme-toi, dit Sylvia en mettant un bras autour des épaules de sa sœur. Je sais que tu as souffert mais un jour, tu rencontreras un homme qui t'aimera et que tu aimeras. Et tu auras alors une opinion tout à fait différente de l'amour.

— J'en sais trop sur l'amour pour écouter ces niaiseries, déclara Romola en la repoussant. C'est l'argent qui m'intéresse.

— C'est l'heure de réveiller Lucy, dit Sylvia. Je te verrai au petit déjeuner.

Et elle sortit avec l'impression de fuir un être dangereux.

Depuis l'annonce du retour de Sir Robert, une activité fébrile régnait à Sheldon Hall. On ouvrait les salons, on débarrassait les sièges de leurs housses, on astiquait l'argenterie, on apportait des fleurs des serres pour en faire d'énormes bouquets que l'on disposait partout, on s'agitait aux cuisines... Et toute cette fièvre ne laissait pas Lucy indifférente, loin de là.

— Mon papa revient ! Mon papa revient ! chantait-elle en courant jusque dans la chambre de sa grand-mère.

— J'en suis très contente, lui dit Lady Clementina, mais qui t'a permis d'entrer ainsi ?

— Je suis venue toute seule ! répondit Lucy à l'instant même où Sylvia accourait.

— Ah, te voilà, Lucy ! s'écria-t-elle. Je me demandais où tu étais passée. Je suis désolée qu'elle vous ait dérangée, ajouta-t-elle en s'adressant à Lady Clementina, mais elle est si heureuse de revoir son père qu'elle ne tient pas en place.

— Approche, petite ! dit la vieille châtelaine à l'enfant.

Lucy traversa la chambre en courant et, tout près du lit de sa grand-mère, leva les yeux vers elle. La vieille dame la contempla en silence puis, tendant la main, lui caressa la joue d'un air infiniment triste.

— Tu aimes ton père, n'est-ce pas, Lucy ? lui dit-elle enfin.

— Oh oui ! Je l'aime. Vous aussi, grand-mère, vous l'aimez ?

— Oui, moi aussi, je l'aime, répondit Lady Clementina d'une voix tremblante.

— On devrait mettre des drapeaux aux fenêtres pour l'accueillir ! s'écria Lucy. Ça serait gai et ça lui plairait !

— Ton père n'aura pas besoin de drapeaux pour s'apercevoir de ta joie, répondit sèchement sa grand-mère. Maintenant, sauve-toi et obéis à miss Wace !

Dans le couloir, Lucy se précipita vers l'escalier, enjamba la rampe et se laissa glisser jusqu'au rez-de-chaussée. Puis elle grimpa au dernier étage du château où Sylvia la rattrapa enfin alors qu'elle engageait la conversation avec Purvis.

— Je suis désolée, miss Purvis, s'excusa-t-elle. Lucy est surexcitée à cause du retour de son père. Je crois que je ferais mieux de l'emmener en promenade bien qu'il commence à pleuvoir.

— Elle ne me dérange pas, répondit Purvis. Elle aime bien faire le tri de ma réserve de boutons. Voici, miss Lucy, dit-elle en tendant à la petite fille une grosse boîte en fer.

Lucy s'assit sur le sol et, ayant vidé la boîte devant elle, commença à jouer avec les boutons. Purvis regarda Sylvia.

— Quelle histoire ! fit-elle. Madame a reçu ce matin même la lettre où Sir Robert annonce son arrivée pour cet après-midi ! Nous n'avons pas le temps de tout préparer mais Madame est folle de lui. Elle le croit parfait. Pourquoi ? On se le demande !

— Toutes les mères sont ainsi, répondit Sylvia.

— C'est faux. Madame aime Sir Robert à la folie, d'une façon... anormale. Surtout si l'on songe qu'il la traite aussi mal.

— Que voulez-vous dire ? demanda Sylvia, un peu honteuse de pousser Purvis à parler.

— Vous ne voyez pas comment il se conduit ? Et Madame qui lui consacre toutes ses forces ! Elle ne pense qu'à lui et à cette maison, car c'est à lui qu'elle reviendra. Et que reçoit-elle en échange ? Plus de coups que de remerciements, je vous le dis ! Sir Robert sait être cruel avec sa mère, il s'adresse à elle sur ce ton méchant et sarcastique qui est si blessant. Au lieu de s'effondrer, Madame lui fait face. Et quand il s'éloigne, elle dépérit. Une fois, elle m'a dit : « N'aimez jamais quelqu'un de toute votre âme, Purvis, ou vous serez perdue. » Je suis sûre qu'elle pensait à Sir Robert. Les hommes sont tous les mêmes !

— Mais je suis certaine que Sir Robert aime sa mère !

Purvis fit la moue, regarda Lucy et reprit plus bas :

— Parfois, miss Wace, je crois qu'il la hait. Et, à mon avis, il y a quelque chose là-dessous. Un secret qu'il ne veut pas que Madame apprenne. Mais je finirai bien par le découvrir. Ça lui apprendra à regarder Madame et moi-même de son air méprisant. Rira bien qui rira le dernier ! conclut-elle en reprenant son travail de couture.

— Vous n'aimez pas Sir Robert, miss Purvis ? demanda Sylvia après un instant de silence.

La femme de chambre releva la tête et, une lueur de cruauté dans le regard, déclara froidement :

— Je le hais.

Effrayée, Sylvia pria Lucy de remettre les boutons dans la boîte en fer et sortit avec elle.

De retour dans la nursery, elles trouvèrent Romola en train de lire sur le divan.

– Où étiez-vous ? demanda-t-elle. Je ne vous ai trouvées nulle part.

– Tu as eu besoin de moi ? s'enquit Sylvia.

– Non, pas particulièrement, dit Romola. Il paraît que je dois aller voir Lady Clementina à quatre heures. Elle m'invite à prendre le thé.

– Je me demande ce que ça signifie, dit Sylvia avec anxiété. Tu crois qu'elle a découvert quelque chose ?

– Mais non ! Elle veut jouir de ma compagnie, voilà tout.

– Mais c'est très inhabituel de sa part ! Surtout un jour comme celui-ci !

– Eh bien, nous verrons. Moi, je n'ai pas peur d'elle !

– Moi non plus, dit Sylvia, d'un air si craintif que sa sœur éclata d'un rire moqueur.

À quatre heures, en prenant le thé avec Lucy, elle ne cessait de penser à Romola qui affrontait le regard aigu de Lady Clementina... Et elle se disait que sa sœur lui gâchait chaque instant de sa vie, et jusqu'à sa joie de revoir Sir Robert.

Éthel débarrassait la table quand on entendit un bruit de voitures dans la cour.

– C'est papa ! s'écria Lucy en courant vers la fenêtre.

Une file de voitures remontait l'allée. L'enfant poussa un cri de joie et, sans attendre la permission de Sylvia, elle se précipita dans le couloir et descendit l'escalier en courant. La jeune fille la suivit. Un groupe d'invités était déjà dans le hall, parlant bruyamment. Mais Sylvia ne voyait que Sir Robert qui soulevait Lucy dans ses bras et l'embrassait.

– Est-ce que je t'ai manqué ? lui demanda-t-il.

– Vous avez manqué à tout le monde ! cria Lucy.

À cet instant, il aperçut Sylvia. Leurs regards se croisèrent et restèrent attachés l'un à l'autre un moment. Il reposa sa fille sur le sol.

– Viens dire bonjour à mes amis !

Il la menait vers un groupe de jeunes femmes rassemblées autour du feu, quand d'autres invités arrivèrent.

– Quelle magnifique demeure, Robert !

– C'est somptueux ! Qui se doutait que vous étiez aussi fortuné !

Les hôtes de Sir Robert riaient beaucoup et quelque chose dans leur attitude déplaisait à Sylvia. Elle était restée au pied de l'escalier d'où elle observait les nouveaux venus sans que personne fasse attention à elle. Les femmes enlevaient leurs manteaux, découvrant des toilettes d'une élégance étrangement voyante... Soudain, le cœur de Sylvia s'affola. Elle venait de comprendre qui étaient les amis de Sir Robert.

13

– Je vous appellerai quand j'aurai besoin de vous, Turner, dit Sir Robert à son valet de chambre.

Puis il se servit un whisky et s'assit devant la cheminée. À cet instant, on frappa à la porte. C'était Bateson.

— C'est au sujet du vin pour le dîner, Sir Robert, dit-il.

— Je croyais vous avoir dit de monter le meilleur.

— Il ne nous reste plus que cinq douzaines de saint-émilion 1890.

— Nous les boirons.

— Et les alcools ? Pas le vieil armagnac... ?

Robert Sheldon se tourna nerveusement vers le vieux maître d'hôtel.

— Si.

Bateson, visiblement indigné, se retira avec dignité.

Robert eut un sourire désabusé. Il devinait très bien les sentiments du maître d'hôtel. N'était-ce pas un sacrilège que d'offrir le meilleur de sa cave à des individus incapables de l'apprécier ? Peut-être, mais il détestait recevoir sans générosité.

Il vida son verre et, en se levant pour se verser un autre whisky, il ne put s'empêcher de jurer. Pourquoi donc avait-il invité ces débauchés qui n'étaient à l'aise qu'à Londres ? Il l'avait fait après un bon repas, dans un malheureux élan de gaieté qui lui avait fait croire qu'il était guéri de sa tristesse.

Guéri ! Cela lui arriverait-il jamais ? En remontant la grande allée, il avait compris subitement combien cette idée était ridicule. Et dans le hall, Lucy, courant vers lui les bras tendus, l'avait tellement ému que son cœur s'était emballé.

C'était là qu'il avait vu Sylvia, plus belle que jamais. Et merveilleusement spontanée. Ses sentiments se reflétaient dans la transparence de son regard et dans la simplicité de son sourire ! Il avait perçu sa joie à le revoir, ainsi que sa surprise et sa déception en découvrant ses amis. Et, à cette minute, leurs cœurs avaient battu à l'unisson.

Sir Robert enfouit son visage dans ses mains et ferma les yeux. Parviendrait-il jamais à oublier le regard de Sylvia tandis qu'il la serrait passionnément dans ses bras ? Il la désirait depuis le premier jour mais il ne l'avait pas su immédiatement et son attachement pour elle avait grandi à son insu. À plusieurs reprises, il s'était surpris à écouter le son de sa voix dans les escaliers ou le bruissement de ses pas dans le corridor, et à attendre pour le simple plaisir de la voir passer. Elle était aussi belle que pure. Il devait pourtant l'oublier. Et Dieu sait qu'il avait tout fait pour cela : le vin, les femmes... tout avait été vain. Et il savait qu'il était condamné à vivre seul à cause du passé – un passé auquel il ne pourrait plus jamais échapper. Il aurait voulu pouvoir la haïr. Cela aussi était impossible. Elle n'y était pour rien et c'était lui-même qu'il devait détester pour n'être pas digne du seul amour qu'il eût jamais ressenti. Après tout, elle n'était qu'une femme comme les autres... Il n'avait qu'à la prendre. Et tant pis si un jour, apprenant la vérité, elle éprouvait de la répugnance pour lui. Il l'aurait possédée, serrée dans ses bras, embrassée, caressée... Sir Robert se leva, fatigué de ressasser interminablement les mêmes pensées dont certaines l'écœuraient. Mais Sylvia était-elle aussi pure et innocente qu'elle le paraissait ? Alice l'avait déjà bien trompé. Alice et toutes les autres, qui n'aimaient que l'argent et d'ailleurs – pourquoi pas ? – Sylvia était peut-être comme elles ?

Turner interrompit sa rêverie.

– Excusez-moi, Sir Robert, il est sept heures trente...

– Entendu, Turner. Je vais me changer.

Ces maudits invités l'attendraient ! Il imaginait les femmes jacassant dans leurs chambres, s'extasiant sur les richesses de Sheldon Hall et se demandant ce que Cicely en avait tiré... Les hommes, eux, devaient chercher le plus sûr moyen de lui extorquer de l'argent. De toute façon, après le dîner, on jouerait aux cartes. S'il perdait, il paierait ses dettes; s'il gagnait, les perdants oublieraient de régler les leurs. Et pas un d'entre eux ne manquerait de lui demander un peu d'argent liquide au moment de partir. Il les connaissait. Et il les méprisait, mais pas plus que ces douairières qui ne venaient à Sheldon Hall que dans l'espoir de le voir épouser leur fille. Comme des paysans vendent leurs oies grasses au marché. Oui, au fond, il méprisait et haïssait encore plus ceux de sa classe qui n'avaient qu'une religion : celle du nom, de la lignée, de l'adoration d'une maison jusqu'à l'idolâtrie.

Depuis toujours, il ne voyait autour de lui que des visages serviles, n'exprimant jamais l'honnêteté ou la simplicité. Et soudain, ce visage pur, tendre et aimant lui était apparu... Si les circonstances avaient été différentes, il aurait cueilli cette fleur rare et délicate. Il lui aurait enseigné à aimer avec patience et tendresse. Il l'aurait célébrée puis, lorsqu'elle se serait rendue à lui, il l'aurait possédée en conquérant sachant que, comme toute femme, elle ne l'en aurait aimé que davantage. Pourquoi rêver ainsi ? Il était trop tard.

– Porterez-vous un gardénia, Sir Robert ? demandait Turner.

— Oui, bien sûr.

Il prit la fleur au parfum délicieux, la fixa à sa boutonnière et se regarda dans le miroir. Son visage était sombre et crispé. Il détourna les yeux. Pourquoi les femmes s'intéresseraient-elles à lui plutôt qu'à son argent ? Il leur avait assez souvent prouvé qu'il ne les considérait que comme des objets.

En descendant l'escalier, il entendit les rires et les voix aiguës des femmes et, quand il entra au salon, il y eut un bref silence, avant que les femmes trop parfumées ne se jettent sur lui.

À la fin du dîner, on apporta des tables de bridge. Mais les femmes voulaient danser. Robert ne s'était pas attendu à cette requête et Bateson l'avertit discrètement que la salle de bal n'avait pas été préparée et qu'il devait y faire très froid.

— Nous aurons un véritable bal demain, leur promit-il. Ce soir, nous devrons nous contenter de quelques valses dans le hall. Je vais y faire transporter le piano.

Et bientôt, tout le monde dansait sous les sévères portraits de famille. Bateson allait et venait, servant du champagne. En portant un toast, Robert aperçut une ombre sur le petit balcon qui dominait la salle. Le visage lui apparut mais trop fugitivement pour qu'il puisse le reconnaître. Ce ne pouvait être une domestique. Aucune d'entre elles n'oserait les épier ainsi et puis elles étaient trop surveillées. Déjà, l'ombre avait disparu.

Il fit danser une jolie petite blonde, comédienne depuis dix ans déjà et qui avait réussi à conserver les rôles d'ingénue et à les interpréter correctement.

— Je ne crois pas vraiment que vous nous

aimiez, nous autres pauvres femmes, dit-elle en se serrant contre lui.

– Qu'est-ce qui vous fait dire cela ?

Levant les yeux vers le balcon, il vit que l'ombre était revenue.

– La plupart des amis de Cicely sont gentils avec nous...

– Et je ne suis pas gentil ? demanda Robert.

– Pas vraiment. Vous nous faites des cadeaux mais vous ne pensez pas sérieusement à nous.

Mon Dieu ! Comme cette petite femme avait raison ! Il n'avait pas la moindre pensée pour elles. Tout son être était subjugué par cette ombre qu'il fixait. L'aimait-elle au point de venir l'observer ici à la dérobée ? Son amour était-il si grand qu'il lui suffisait de le voir ?

Robert conduisit la jeune femme blonde au buffet et lui servit du champagne.

– Robert ! gloussa-t-elle. Financeriez-vous vraiment la pièce si le directeur m'y donnait le premier rôle ?

– Oui, bien entendu...

Il ne savait pas ce qu'il disait mais, à cet instant, il aurait promis n'importe quoi. L'ombre disparut de nouveau. Il s'était juré que la scène de la nursery ne se reproduirait pas. Cette nuit-là il avait perdu la tête en la voyant si tendrement endormie dans le fauteuil, les lèvres entrouvertes et la tête penchée sur le côté, reposant sur son bras. Il avait résisté au désir de prendre sa main si fine et délicate abandonnée sur ses genoux et d'y poser ses lèvres. Immobile près d'elle, il avait compris quel pouvoir elle avait sur lui. Tous ses sentiments chevaleresques se ranimaient au contact de cette pure jeune fille. Les aspects les plus nobles de son caractère revenaient, balayant tous les actes dégradants par lesquels il avait tenté de noyer son chagrin. Il serait reparti sur la pointe des pieds mais elle s'était éveillée. Il l'avait aidée à se lever et le contact de sa main l'avait rendu fou. Il l'avait serrée dans ses bras et embrassée avec passion. Le sentiment de se comporter en goujat l'avait alors envahi et il avait repoussé Sylvia avec violence.

Je ferai en sorte qu'elle me haïsse, s'était-il dit. Et il s'était mis à haïr sa propre vie et le vide de tout ce qu'il avait connu jusqu'alors.

Robert prit une flûte de champagne et la leva légèrement.

– À l'avenir ! dit-il à la jeune femme blonde.

Elle leva son visage vers lui et, se penchant, il baisa les lèvres rouges qui se tendaient vers lui. Ainsi elle saura la vérité, se dit-il en pensant à Sylvia.

Le pianiste entama une polka endiablée. Robert ne fut pas dupe de cette soudaine invitation à la danse. Le pianiste avait remarqué le baiser qu'il venait d'échanger avec la « jeune ingénue » et le succès professionnel de cette jeune comédienne ne devait pas entrer dans ses plans. Ils s'épiaient les uns les autres et se jalousaient férocement. Tous ces imbéciles... Vraiment ? Qui était-il donc lui-même – Robert Sheldon – pour les juger si sévèrement ? Il s'aperçut alors qu'un de ses invités, près de lui, ne fumait pas.

– Ce que tu veux, mon vieux, s'exclama-t-il, c'est un bon cigare. Je vais t'en chercher un.

Bateson l'entendit et fit un pas vers lui. Robert l'arrêta d'un geste, traversa le hall et se dirigea vers le petit escalier dérobé qui menait au balcon.

Enfin, il la vit. Elle lui tournait le dos dans

la pénombre. Il s'avança vers elle mais avant qu'il l'eût atteinte, elle se retourna. Peut-être l'avait-elle entendu ou s'était-elle aperçue qu'il n'était plus parmi les danseurs ? Elle vint vers lui et il entendit le bruissement léger de sa robe. Soudain, elle fut dans ses bras. Il posa ses lèvres sur sa bouche et elle lui rendit son baiser avec une sensualité toute nouvelle qui éveilla en lui un désir irrésistible. Mais lorsqu'elle serra son corps mince et souple contre le sien, il comprit. Il recula et, la tenant à bout de bras, lui fit faire volte-face pour exposer son visage à la lumière qui venait du hall.

Il découvrit alors ce que ses sens venaient de lui révéler. Il venait d'embrasser une étrangère... Et elle lui souriait.

— Mais qui êtes-vous ? demanda-t-il sans la lâcher.

— Une de vos invitées, Sir Robert. Je sais que vous l'ignorez et pourtant, je jouis de votre hospitalité depuis plusieurs semaines.

Il l'observa sans rien dire, stupéfait d'avoir pu la prendre pour Sylvia. Elle avait les cheveux noirs et était plus âgée. Cependant, elle avait un certain charme qui lui semblait curieusement familier. Son regard était moqueur et ses lèvres engageantes. Il la lâcha enfin et elle fit une petite révérence.

— Mrs Romola Brent, dit-elle.

— Et qui est Mr Brent, s'il y en a vraiment un ?

— Le révérend Theosophilus n'est plus de ce monde, répondit-elle d'un ton désinvolte qui le choqua.

— Vous êtes donc veuve ? Une veuve joyeuse, semble-t-il.

— J'ai été malade après avoir vécu des années en Afrique.

— Et qui vous a invitée ici ?

— Votre mère, Lady Clementina. C'est aimable de sa part, n'est-ce pas ?

— Très aimable. Je me demande pourquoi elle ne m'a pas parlé de vous, avant le dîner.

— Peut-être étiez-vous impatient de retrouver vos amis... en particulier cette charmante blonde...

— Puisque nous avons fait connaissance, répondit-il avec un sourire crispé, aimeriez-vous vous joindre à nous et être présentée à cette jeune personne ?

— J'en serais ravie.

Il remarqua alors sa robe rouge au décolleté audacieux et ne put retenir un petit rire. Il était évident que cette étrange femme n'attendait que cela : être invitée à la réception. Il s'inclina et lui tendit son bras. Elle y posa ses doigts et, souriante, se laissa conduire. À nouveau, il eut l'impression qu'elle lui rappelait quelqu'un...

— Vous ai-je déjà vue avant ce soir ? demanda-t-il.

— C'est possible, répliqua-t-elle en baissant les yeux. Mais c'est bien peu flatteur pour moi de devoir vous remettre ce souvenir en mémoire.

Robert se mit à rire.

— Venez, dit-il, peut-être ma mémoire s'éclaircira-t-elle.

Lorsqu'ils atteignirent le hall, la musique venait de s'arrêter et le champagne coulait à flots. Robert dit très fort :

— Mes amis ! Je n'ai pas encore eu l'occasion de vous présenter une autre de mes invitées : Mrs Brent...

Chacun vint saluer la nouvelle venue puis Robert lui offrit une flûte de champagne. Aussitôt, elle porta un toast avec une aisance qui prouvait à l'évidence que ce n'était pas le premier.

— À notre hôte si charmant ! s'écria-t-elle.

Robert l'observait avec étonnement. Comment sa mère avait-elle pu inviter cette femme, fort élégante mais trop provocante pour lui plaire ? Il entendit alors une comédienne dire à une autre :

— C'est elle... Je ne savais pas qu'elle était mariée...

S'approchant d'elle, il lui demanda tout bas :

— Avez-vous déjà rencontré Mrs Brent ?

— Je crois que oui. Dolly aussi, d'ailleurs. C'est Romola Roma, en réalité. Elle jouait avec nous dans *le Papillon rouge*, il y a deux ans. Elle a aussi joué dans votre spectacle... C'est là que vous l'avez connue, n'est-ce pas ?

Il ne répondit pas et rejoignit la mystérieuse Mrs Brent qui buvait du champagne et parlait beaucoup.

— Parlez-moi de vous, dit-il.

— Vous n'aimez pas les énigmes ? minauda-t-elle.

— Pas particulièrement.

— Très bien. Si vous insistez, je vais vous dire la vérité... soupira-t-elle. Mais vous me décevez.

Se rapprochant de lui, elle lui offrait ses lèvres entrouvertes, comme dans l'attente d'un baiser.

— Il est très surprenant de trouver une personne comme vous dans cette maison lorsqu'on ne s'y attend pas, dit-il sèchement.

— La surprise ne rend-elle pas la rencontre encore plus excitante ?

— Pour qui ?
— Mais pour nous deux, assura-t-elle d'un ton provocant.
— Allons, dites-moi comment et pourquoi vous êtes ici.
— Je n'ai jamais vu un homme aussi obstiné. Très bien. Préparez-vous à entendre une explication très logique... Je suis la sœur de Sylvia.
— La sœur de Sylvia ?... de miss Wace ?
— Oui. Êtes-vous satisfait maintenant ?

Levant les yeux vers lui, elle reçut son regard glacial comme une gifle et la stupeur lui coupa le souffle. Déjà, il avait disparu.

14

Assise dans la nursery, Sylvia essayait de coudre mais l'inquiétude qui la tenaillait l'empêchait de se concentrer sur son travail.

Elle avait été bouleversée de revoir Sir Robert. Cependant, ce n'était pas l'homme tendre de ses rêves qu'elle avait retrouvé, mais un être arrogant et dominateur.

Lorsqu'elle l'avait vu dans le hall, comme un roi au milieu de ses courtisanes médiocres et vulgaires, elle avait compris à quel point elle avait été naïve en croyant qu'il lui suffirait de le voir pour être comblée...

Elle sentait bien qu'en choisissant de tels amis, il tentait d'échapper à quelque chose. Mais à quoi ? À son éducation ? À sa classe sociale ? À sa mère ? À lui-même ? Tout ce qu'elle savait, c'était qu'il souffrait mais d'une manière si secrète qu'elle ne pouvait ni l'aider ni même le réconforter.

La soirée avançait et Sir Robert n'était pas venu embrasser sa fille qui l'attendait, refusant de se coucher. Sylvia finit par convaincre Lucy de se mettre au lit, mais celle-ci lui dit avec une autorité qui rappelait celle de son père :

— Wacey, dis à papa que je veux le voir !

— Il viendra, ma chérie, murmura Sylvia d'un ton apaisant.

Brusquement, la petite fille éclata en sanglots.

— Je croyais qu'il serait... heureux de... de me retrouver !

— Il viendra, ma chérie, il viendra... calme-toi... la consola Sylvia.

Mais, à cet instant, elle eut presque un sentiment de haine pour Sir Robert. Pourquoi avait-il le pouvoir de se faire aimer des femmes et des enfants alors qu'il leur donnait si peu en retour ? Lucy gémit et pleura pendant une heure encore et finit par s'endormir, épuisée, les joues trempées de larmes. Sylvia l'embrassa tout doucement, révoltée par l'attitude de Sir Robert.

Pourquoi fallait-il que Lucy, Lady Clementina et elle-même soient amoureuses de cet homme si peu capable d'aimer qu'il préférait laisser languir sa petite fille plutôt que de quitter un instant ces horribles femmes fardées et trop parfumées ? Pourtant, en dépit de tout, Sylvia ne pouvait s'empêcher d'avoir pitié de Sir Robert; il se privait du bonheur de la compagnie de sa petite fille si douce et si charmante et qui grandirait si vite. Le cœur lourd, réprimant ses larmes à grand-peine, elle pensa à cette autre épine qui la tourmentait : Romola. Juste après l'arrivée de Sir Robert, elle l'avait trouvée à la nursery, debout devant la cheminée, sombre et nerveuse.

– On m'a donné mon congé, avait-elle annoncé sans préambule à Sylvia stupéfaite. Madame est ravie que j'aille mieux et regrette qu'il n'y ait plus de chambre disponible pour moi à Sheldon Hall. Je dois partir immédiatement. Enfin, demain.

– Je suis désolée ! s'était écriée Sylvia en essayant de dissimuler son soulagement.

– C'est le démon, cette femme ! avait hurlé Romola.

– Je t'en prie... Lucy n'est pas loin.

– Ça m'est égal ! Je la hais ! Il y a cent ans, on l'aurait brûlée comme sorcière ! Quand je pense qu'elle m'a posé mille questions d'un air aimable sur ma vie, mon passé... avant de me prier de décamper !

– Mais pourquoi ? Te l'a-t-elle dit ?

– Bien sûr que non ! Mais je sais pourquoi... À cause du retour de son fils ! C'est que je n'ai plus l'air malade maintenant ! Et elle a peur. C'est un miracle qu'elle ait accepté que tu restes ici aussi longtemps. Elle voudrait que son Robert vive en ermite, sans jamais voir de femme. Voilà la vérité ! C'est une folle, mais elle a le pouvoir et elle en use.

– Non, avait affirmé Sylvia. Tu te trompes. Elle veut simplement que Sir Robert épouse une femme de son rang.

– Oh ! j'ai très bien compris qu'elle ne nous trouve pas assez bien pour son précieux fils ! Mais je me vengerai, Sylvia. Je trouverai un moyen, tu verras.

– Ne dis pas cela ! Tu me fais peur. Nous devrions être reconnaissantes à Lady Clementina d'avoir accepté que tu restes ici trois semaines.

Tu vas beaucoup mieux et c'est sa maison – et celle de Sir Robert... nous nous y sommes toutes les deux imposées.

– Et alors ? Est-ce que c'est une raison pour me fiche dehors au moment où on commence à s'amuser, après trois semaines d'ennui mortel ? Oui, d'ennui mortel ! avait-elle insisté devant l'air choqué de Sylvia. Il faut vraiment être aussi bête que toi pour être contente de s'occuper d'une gamine jour et nuit ! Moi, ça me rendrait folle !

– Nous sommes différentes, avait tranquillement déclaré Sylvia. Et, dans ce cas, tout est peut-être pour le mieux puisque tu vas retrouver Londres, tes amis et la vie qui te plaît.

– Sans argent ?

– Je n'ai pas touché à ce que j'ai gagné le mois dernier. Je vais te le donner.

Elle avait pris l'argent dans le tiroir du secrétaire où elle l'avait rangé quelques jours auparavant.

– Pff... quelques livres ! avait sifflé Romola en s'emparant avidement de l'argent.

– C'est tout ce que j'ai...

Romola n'avait pas daigné répondre et s'était retirée, laissant Sylvia affolée à l'idée que Lucy ait pu entendre leur conversation. À l'heure du dîner, Éthel ayant apporté les plats, Sylvia courut jusqu'à la chambre de sa sœur.

– Qui est-ce ? avait demandé la jeune femme en entendant frapper.

– Sylvia ! Le dîner est prêt...

– Qu'on le dépose devant ma porte.

– Tu n'es pas malade ? Laisse-moi entrer !

– Non, je suis occupée. Fais ce que je te dis.

Sylvia avait tendu l'oreille et entendu un léger

bruissement d'étoffe ou de papier de soie et les pas de Romola. Elle doit faire ses bagages, avait-elle pensé et elle était allée demander à Éthel de porter son dîner à Mrs Brent. La femme de chambre était revenue presque aussitôt.

— Mrs Brent ne m'a pas permis d'entrer. Elle m'a priée de laisser le plateau devant la porte et de lui faire monter une bouteille de champagne par Bateson... Elle dit qu'elle veut fêter sa dernière soirée. Que dois-je faire, miss ?

— Je ne sais vraiment pas... avait avoué Sylvia, consternée.

— Je peux demander le champagne à Bateson.

— Mais comment va-t-il réagir ?

— Oh, ils sont si occupés en bas qu'il n'aura pas le temps d'y penser, et puis c'est la réaction de Lady Clementina qui importe, avait affirmé Éthel en quittant la pièce.

Depuis, Sylvia avait tenté de se rassurer au sujet des manigances de Romola. Elle avait honte d'être heureuse du départ de sa sœur, mais c'était ainsi, elle n'y pouvait rien. Elle avait hâte d'être à nouveau seule avec Lucy. Et il lui semblait qu'avec le printemps, sa vie changerait. Elle avait le pressentiment que le bonheur l'attendait et avait envie de tendre les bras pour l'accueillir.

En venant débarrasser la table, Éthel lui avait parlé avec enthousiasme du dîner, des rires et des vins. Puis Nannie était venue lui dire bonsoir, espérant qu'elle ne serait pas dérangée par la musique.

— Quelle musique ? avait demandé Sylvia.

— Il paraît qu'ils vont danser dans le grand hall... Comme il n'y a pas d'orchestre, vous ne devriez rien entendre, ici...

Nannie l'avait laissée et, après avoir attendu

et pleuré, Lucy s'était enfin endormie. Sylvia s'était alors rendue chez sa sœur qui avait encore refusé de la laisser entrer, assurant qu'elle était couchée. Sylvia n'en avait rien cru mais elle avait dû regagner sa chambre. Que faire d'autre ? Et maintenant, elle redoutait... quoi, au juste ? Elle n'en savait rien, sinon que c'était le pire. Et le spectacle de Romola et de Purvis en train de papoter, qu'elle avait surpris la veille, lui revint à l'esprit. Cette scène avait suscité en elle un véritable malaise. Un malaise justifié car sa sœur lui avait confié un peu plus tard que Purvis lui avait parlé du frère de Sir Robert.

– Quand Edward est mort, avait-elle dit, il était très jeune et il était fou. Or, tu n'ignores pas que les fous vivent très vieux, à condition qu'on les laisse vivre...

Sylvia avait été indignée de ces odieuses insinuations mais Romola n'avait fait que rire de sa colère. En songeant à tout cela, la jeune fille éprouvait le sentiment douloureux d'avoir trahi Sir Robert en permettant à sa sœur de s'installer à Sheldon Hall. Il lui avait été très pénible de mentir à Lady Clementina en lui racontant ces histoires de pasteur en Afrique. Et elle payait ces mensonges en remords et en crainte pour l'avenir.

L'atmosphère de la nursery était si calme et paisible qu'il semblait pourtant qu'on ne pouvait rien craindre au monde, ici. Un gros bouquet de fleurs était disposé sur la table, le feu crépitait, quelques vêtements appartenant à Lucy séchaient près de la cheminée. Tout respirait la sécurité et la paix. Sylvia reprit son travail de couture. Demain, Romola partirait et, dans quelques jours, les amis de Sir Robert seraient loin. Tout allait bientôt rentrer dans l'ordre. Sylvia revit Lucy courant vers son père, dans le hall, et Sir Robert lui souriant avec une extrême douceur avant de la regarder, elle, Sylvia... avec cette merveilleuse intensité.

Il était tard et elle ne pouvait se résoudre à se coucher. Des bribes de musique lui parvenaient. Elle espérait toujours que Sir Robert viendrait embrasser sa fille...

Soudain, la porte s'ouvrit violemment et elle se leva, effrayée. Il était là, devant elle, les mâchoires crispées et la fixant sans un mot.

— Lucy espérait que vous viendriez avant qu'elle ne s'endorme, dit-elle, tremblante. Elle n'a cessé de vous réclamer en pleurant avant de s'endormir...

Il continua à la fixer en silence d'un regard étrange et elle sentit la peur l'envahir.

— Je viens de rencontrer dans cette maison une jeune femme qui dit être votre sœur, dit-il enfin. Est-ce vrai ?

— Oui, Sir Robert, murmura-t-elle. Elle a séjourné quelque temps ici... avec l'accord de Lady Clementina...

— Et quel est son nom ?
— Romola.
— Est-elle mariée ?
— Oui.
— Quel est son nom d'épouse ?
— Brent. Mrs Brent.
— Et qui était son mari ?
— Il... il était missionnaire. Il est décédé.
— Quand est-il mort ?
Sylvia ne répondit pas immédiatement.
— Il y a peu de temps.
— À quel endroit ?

— En Afrique.
— Votre sœur se trouvait-elle avec lui ?
— Oui... je crois que oui... balbutia-t-elle, au bord de l'évanouissement.
— Et après, qu'a-t-elle fait ?
— Elle est revenue en Angleterre.
— Récemment ?
— Oui... il y a... quelques semaines.
— Vous mentez ! hurla-t-il et levant la main, il la gifla violemment.

Elle chancela.

— Vous mentez ! répéta-t-il. Votre sœur est comédienne. Vous le savez, n'est-ce pas ?

Sylvia ne répondit pas. Elle grelottait. Le monde s'écroulait autour d'elle.

— Je sais tout, reprit-il, blême de colère. Quand je pense que je vous croyais différente des autres femmes ! Je n'ai jamais eu que des déceptions et pour la première fois, je croyais avoir enfin rencontré un être pur et sincère. Mais vous n'êtes qu'une intrigante, une menteuse, et dans un but très précis ! Qu'avez-vous à dire pour votre défense ?

Mais il semblait à Sylvia qu'elle avait perdu pour toujours l'usage de la parole. Sir Robert eut un sourire cruel.

— Je vous ai blessée, n'est-ce pas ? Vous le méritiez ! Mais tout cela sera vite oublié. Que de temps avons-nous perdu, ma chère Sylvia. Toutes ces semaines durant lesquelles nous aurions pu tant nous amuser ! Et moi, pauvre imbécile, qui croyais n'être pas assez parfait pour vous ! C'est amusant, n'est-ce pas ? Lord Sheldon se jugeant indigne de la petite gouvernante arriviste qui a réussi à s'introduire dans sa maison ! Enfin, il n'est pas trop tard pour bien faire. Mais vous avez dû me trouver très lent, ma chère. Je vous prie de m'en excuser.

Déchirée par ces mots sarcastiques, elle tendit les mains vers lui en un geste de protestation et d'impuissance.

– Non, non... Je vous en prie, souffla-t-elle.

– Approchez ! ordonna-t-il. Allons, venez ! insista-t-il comme elle ne bougeait pas.

Alors, elle avança lentement vers lui. Lorsqu'elle fut tout près, il la regarda en silence et soudain, il la prit dans ses bras.

– Vous êtes assez belle pour que je vous pardonne, dit-il d'un ton qui effraya Sylvia.

– Laissez-moi vous expliquer, supplia-t-elle.

Mais il était trop tard. Elle lut dans les yeux de Sir Robert qu'il n'était plus maître de lui. Il succombait corps et âme à sa passion dévorante. Elle se débattit en vain. Il l'écrasait contre lui puis, lui renversant la tête en arrière, l'embrassait avec fougue. Elle restait inerte et tremblante, incapable de réagir, paralysée par la peur, anéantie par l'humiliation, les oreilles bourdonnantes... Tout à coup, il dit de ce même ton si effrayant :

– Tu m'appartiens ! Je t'ai désirée dès que je t'ai vue et maintenant, tu es à moi ! Et tu feras ce qui me plaira !

Elle était perdue, entraînée dans un terrible tourbillon. Du fond de son cœur, une prière s'éleva : « Oh ! Mon Dieu ! Sauvez-moi ! » Mais il la soulevait dans ses bras et la portait vers le divan tandis que la chevelure de la jeune fille se déployait, tel un nuage d'or.

– Vous êtes à moi, belle, merveilleuse, irrésistible ! souffla Sir Robert tremblant de désir.

Oh ! Mon Dieu ! Aidez-moi ! implora-t-elle

encore et alors, elle entendit la voix de Lucy :
– Wacey ! Wacey ! Viens vite !
Sir Robert s'immobilisa.
– Wacey ! J'ai peur, Wacey ! Où es-tu ?
Sylvia sentit ses pieds toucher le sol. Prise d'un terrible vertige, elle s'agrippa au dossier d'une chaise pour ne pas tomber.
– Oh ! Wacey ! Viens vite ! sanglota Lucy.
– Je viens, chérie, finit par répondre Sylvia d'une voix qui semblait venir de très loin.
Elle marcha jusqu'à la chambre de l'enfant et comme elle en franchissait le seuil, la porte de la nursery claqua – Sir Robert était parti.
– Oh ! Wacey ! J'ai cru que tu ne reviendrais jamais, gémit Lucy.
– Je suis là, ma chérie. Qu'est-ce que tu as ? Dis-moi... dit-elle tout bas en s'agenouillant près du lit et en prenant la petite fille dans ses bras.
– Oh ! Wacey ! J'ai fait un horrible cauchemar... Tu étais perdue dans un endroit affreux... affreux... et tu m'appelais à ton secours... Oh !
Ma prière a bien été entendue, pensa Sylvia, bouleversée, en serrant plus fort Lucy contre elle.

15

Lucy enfin apaisée et endormie, Sylvia libéra son bras engourdi par le poids de la tête de l'enfant. Elle la borda tendrement, se releva et vit la lumière de la lampe de la nursery dans l'entrebâillement. Incapable de revoir la pièce où elle venait de vivre la scène horrible qui la faisait encore trembler de terreur et de souffrance, elle ferma la porte et laissa la lampe allumée.

Dans sa chambre, elle s'arrêta devant le miroir de la coiffeuse et vit son visage blafard aux traits tirés. Effarée, elle alla en chancelant jusqu'à son lit sur lequel elle s'effondra. Elle resta là, le visage dans les oreillers, sans même pouvoir pleurer, en proie à une souffrance qui la broyait toute.

Soudain, elle se redressa. Elle avait froid. Dans la cheminée, le feu s'était éteint depuis longtemps. Le château était plongé dans un profond silence.

Maintenant, elle savait ce qu'elle devait faire.

Elle enleva ses vêtements, mit la vieille robe bleue qu'elle avait portée pendant tant d'années à Poolbrook et le chapeau de feutre usé et décoré d'une plume de geai qui lui rappelait les longs et tristes hivers passés au chevet de sa mère. Elle prit un petit sac de voyage, le remplit de ses affaires de toilette et de linge et laissa les robes de Mrs Cuningham dans la penderie. Puis elle passa le vieux manteau gris que lui avait donné sa tante. Elle s'apprêtait à fuir lorsqu'elle pensa à Lucy qui dormait dans la pièce voisine.

Pouvait-elle abandonner cette petite fille qui l'aimait et sur qui elle avait reporté toute l'affection dont elle était capable ? Oh non... Mais elle ne pourrait supporter de revoir Sir Robert. Et jamais elle n'oublierait son visage convulsé par la colère, ses paroles cruelles et la violence terrifiante de son désir sauvage. Elle n'avait pas le choix : elle devait partir.

Elle entra doucement dans la chambre de Lucy et contempla son petit visage endormi, dans la pénombre. Elle aurait tant voulu la serrer dans ses bras, sentir ses bras fragiles autour de son cou, recevoir encore une fois dans sa vie cet amour si généreusement et spontanément donné...

– Que Dieu te bénisse... murmura-t-elle. Et les yeux pleins de larmes, elle revint dans sa chambre, prit son sac et sortit dans le couloir. Elle fuyait comme une voleuse...

En arrivant à l'escalier, elle songea à Nannie. Il fallait la prévenir. Le courage lui manqua et elle hésita un instant, puis elle revint sur ses pas jusqu'à la chambre de la vieille nounou. Elle frappa doucement à la porte et entra. Nannie, dont l'oreille était exercée à saisir l'appel nocturne des enfants, s'éveilla aussitôt.

– Qui est là ?
– C'est moi, Nannie. Miss Wace.
– Lucy est malade ?
– Non, non. Lucy va bien. Je voulais vous dire...
– Attendez... J'allume une bougie, dit-elle en s'asseyant dans son lit.
– Non, s'il vous plaît. Je préfère rester dans l'obscurité. Il est arrivé... quelque chose qui m'interdit de rester ici plus longtemps. Je pars, Nannie. Tout de suite. Je suis venue vous prévenir à cause de Lucy.
– Vous partez ? En pleine nuit ? Mais... miss Wace, où allez-vous ?
– Ne vous inquiétez pas, je me débrouillerai. Lucy a eu un cauchemar il y a un moment. Elle dort maintenant mais il se pourrait qu'elle s'éveille de nouveau et je ne voudrais pas qu'elle ait peur sans personne auprès d'elle...
– Je vais aller m'étendre dans la nursery. Mais,

êtes-vous sûre de bien savoir ce que vous faites ? Avez-vous pensé qu'en partant ainsi, vous n'aurez aucune référence ?

— Je le sais.

— Je suis vraiment désolée, dit Nannie en soupirant. J'ai beaucoup d'estime et d'affection pour vous. Et Lucy vous aime tant...

— Je vous en prie... Elle m'oubliera.

— Espérons-le. Pour son bien !

— Merci de votre gentillesse, Nannie.

— C'était bien normal. Dites, êtes-vous vraiment certaine qu'il faut que vous partiez ?

— Je n'ai pas le choix.

Nannie soupira et Sylvia eut l'impression qu'elle devinait ce qui lui arrivait.

— Au revoir, miss Wace. J'espère de tout mon cœur que vous trouverez le bonheur.

Au moment de franchir le seuil de la porte, Sylvia se retourna.

— Prenez bien soin de Lucy. Sans doute m'oubliera-t-elle mais moi, je l'aimerai toujours, dit-elle avec des larmes dans la voix.

Puis elle sortit très vite, ramassa son sac et courut sans bruit jusqu'à l'escalier. Dans le hall, comme elle se dirigeait vers une petite porte donnant sur les jardins, elle entendit un bruit de pas. Le cœur battant, elle se cacha derrière une des grandes portes du salon. Le souffle court, elle entendit les pas se rapprocher. Ce n'était que le gardien de nuit. Dès qu'il fut dans la bibliothèque, elle se glissa dans le corridor qu'il avait emprunté pour venir et courut jusqu'à la petite porte.

Le vent glacial la saisit. Elle hésita à s'enfoncer dans la nuit, puis elle s'engagea résolument sur le petit chemin conduisant à la grande allée.

Après avoir marché une centaine de mètres, elle se sentit presque heureuse d'avoir à lutter contre un froid si vif, comme si le vent pouvait chasser de son esprit les pensées douloureuses qui la hantaient. La lune, presque pleine, baignait le parc d'une lumière argentée. Elle atteignit bientôt la grande grille en fer forgé, ouvrit la petite porte de côté et quitta Sheldon Hall.

Elle marchait depuis environ deux heures lorsque les premières lueurs de l'aube apparurent dans le ciel. Le vent était de plus en plus froid mais le soleil se levait, enveloppant la lande d'un voile pourpre. Sylvia marchait d'un pas toujours ferme, fixant la route qui n'en finissait pas de dessiner ses méandres à travers la campagne. L'étoile du berger eut un dernier scintillement avant de disparaître. Un oiseau s'envola et déchira le silence de son petit cri aigu. Enfin, les toits de Mickledon apparurent à l'horizon, après quatre heures de marche sans aucun arrêt. À Sheldon Hall, on allait découvrir qu'elle avait disparu. Dans un instant, Éthel entrerait dans sa chambre... Nannie lui apprendrait la nouvelle et les commérages iraient bon train. Toute la maison serait au courant en quelques minutes. Heureusement, Lady Clementina ne s'éveillait pas avant neuf heures et, de toute façon, elle ne se soucierait certainement pas de la retrouver. Mais son fils ? Oserait-il, lui, envoyer des gens à sa recherche ? Sylvia était décidée à ne plus jamais penser à Sir Robert. Comment y parvenir ? Comment effacer de sa mémoire tout ce qu'il lui avait dit et fait ? La scène était à jamais gravée dans son cœur, comme l'empreinte de sa main resterait imprimée sur sa joue...

Elle n'était plus qu'à quelques centaines de

mètres du village mais le chemin lui paraissait infiniment plus long que celui qu'elle avait parcouru depuis Sheldon Hall. Elle était épuisée, craignant de s'effondrer à chaque pas.

Elle finit tout de même par se retrouver devant *l'Homme vert*. Ayant soulevé le marteau deux fois, elle s'appuya contre la porte et attendit, les yeux fermés. Elle avait la tête qui tournait et elle était tentée de tout oublier en s'abandonnant à l'immense faiblesse qui la terrassait.

– Qu'avez-vous, miss ? Oh ! Vous n'avez pas l'air bien...

Elle ouvrit les yeux et reconnut le jeune employé du pub qui la regardait, ahuri. Elle voulut lui répondre mais aucun son ne sortit de ses lèvres. Elle l'entendit appeler :

– Mr Robb ! Mr Robb !

Elle n'avait plus la force de bouger. Une main ferme la prit par le bras et la conduisit à l'intérieur.

– Ne vous inquiétez pas, dit Mr Robb d'une voix douce. Entrez. Venez vous asseoir. Vous irez mieux dans un instant. Il est trop tôt pour être dehors...

Il l'assit dans un fauteuil du salon et se tourna vers son valet :

– Allons, secoue-toi ! Ranime le feu et plus vite que ça !

– Merci beaucoup, murmura-t-elle. J'ai cru que j'allais perdre connaissance mais ça va mieux.

– Une tasse de café vous remettra d'aplomb, assura Mr Robb. Tu as entendu, mon garçon ? Va trouver la cuisinière et qu'elle se dépêche !

Les flammes dansaient déjà dans la cheminée.

– J'espère que vous n'avez pas attendu trop longtemps à la porte, reprit Mr Robb. C'est étonnant mais personne n'a entendu arriver l'attelage.

— Il n'y avait pas d'attelage, dit Sylvia avec un faible sourire.

— Pas d'attelage ? Comment êtes-vous donc venue ?

— À pied.

— De Sheldon Hall ?

— Oui.

Il la regarda avec stupeur mais ne posa pas d'autres questions et Sylvia lui en fut reconnaissante.

— Mr Robb, voulez-vous m'aider ? lui demanda-t-elle.

— Je ferai tout ce qui est en mon pouvoir, répondit le brave homme sans hésitation.

— Je voudrais prendre le premier train en direction de Poolbrook, une petite ville du comté d'Oxford.

— Rien de plus simple.

— Seulement voilà... je n'ai pas d'argent sur moi. Accepteriez-vous de me faire confiance et de me prêter de quoi payer mon voyage ? Je vous le rendrai. Je vous le promets. Mais je ne puis vous donner d'autre garantie que ma parole.

— Je ne suis qu'un modeste aubergiste mais je sais reconnaître une lady. C'est un privilège pour moi de pouvoir vous rendre service.

— Je ne sais comment vous...

— N'y songez plus, madame. Votre café sera servi dans un instant. En attendant, la femme de chambre va vous conduire dans une chambre.

— Ne me laisserez-vous vous remercier ? demanda-t-elle.

Il lui serra la main chaleureusement et sortit sans ajouter un mot.

Ce n'était qu'après avoir marché une bonne heure vers Mickledon, que Sylvia avait réalisé qu'elle avait donné toute sa fortune à Romola et qu'elle était partie sans un sou en poche. Désespérée, ne pouvant plus revenir en arrière, elle avait alors pensé à Mr Robb qui s'était montré si bon et si déférent avec elle à son arrivée, dans la tempête de neige, avec Lucy. Ne lui avait-il pas promis alors de venir à son aide si cela devenait nécessaire ? Et il avait tenu parole... Sa gratitude envers lui durerait autant que sa vie.

Une servante la précéda dans une chambre où elle trouva de l'eau chaude, du savon parfumé et des serviettes. Après s'être lavée, Sylvia se sentit beaucoup mieux et elle était presque joyeuse lorsque, un peu plus tard, elle s'installa dans la salle à manger devant d'appétissants œufs au bacon et du café noir. Elle découvrit alors qu'elle était affamée. Rassasiée, réchauffée et réconfortée par la sollicitude de Mr Robb, elle retrouva tout son courage.

— Je me suis renseigné, vint lui annoncer l'aubergiste. Le train de huit heures cinquante trois vous conduira jusqu'à Crewe où vous devrez prendre une correspondance.

— Merci, Mr Robb. Merci pour tout... Je vais me rendre tout de suite à la gare.

— Mais le train n'arrive pas avant une demi-heure... N'ayez aucune crainte, ajouta-t-il, comprenant soudain ce qu'elle redoutait, si l'on vous demande, je dirai que personne ne vous a vue.

— Et si... si l'on veut savoir où je suis allée, vous direz que vous n'en savez rien ?...

Il acquiesça d'un air grave. Sylvia le regarda avec une expression de reconnaissance qui en disait plus que tous les discours, mais des larmes lui vinrent aux yeux quand il lui donna son billet de train et de l'argent dans une enveloppe.

– Je ne trouve pas les mots qui conviendraient pour vous exprimer ce que je ressens, murmura-t-elle avec émotion.

– Vous me rendrez tout cela quand vous le pourrez, répondit-il avec simplicité. J'espère que vous savez chez qui aller...

– Oui, je vais chez une amie.

Il faisait nuit quand Sylvia arriva à Poolbrook, et elle dut se rendre à pied chez Mrs Bootle. Un épais brouillard voilait la lumière des réverbères et la ville était déserte. Elle passa devant la maison où elle avait vécu si longtemps dans la tristesse auprès de sa mère. Comme cette époque lui semblait loin aujourd'hui... Il lui était arrivé tant de choses depuis. De chrysalide, elle était devenue papillon grâce au séduisant Lord Sheldon qui, ensuite, avait tenté d'anéantir cette nouvelle vie qu'il avait fait jaillir en elle. Et, de retour à Poolbrook, Sylvia comprenait qu'elle ne serait plus jamais la même. Elle se sentait femme, maintenant. Une femme qui avait aimé et souffert, et qui continuerait d'aimer.

Elle atteignit enfin la maison de Mrs Bootle et fit sonner le marteau de bronze sur le bois de la porte.

– Va voir qui c'est ! cria à l'intérieur une voix que Sylvia connaissait bien.

– Qui est-ce ? demanda Mr Bootle en ouvrant.

– Miss Wace... Sylvia Wace. Puis-je entrer, s'il vous plaît ?

– Ça, alors ! s'écria la sage-femme en accourant. Quelle surprise ! Entrez, ma chérie ! Je parlais de vous ce matin encore... Alors, qu'est-ce qui vous amène ici ?

En voyant Mrs Bootle, si imposante et toujours aussi chaleureuse, Sylvia eut brusquement envie de pleurer. Sa situation désespérée et sa solitude lui apparurent dans toute leur horreur, ainsi que sa fragilité et son impuissance. Et, comme Mrs Bootle la regardait de son air si parfaitement bon, elle se jeta dans ses bras. Blottie contre son épaule, elle se mit alors à sangloter éperdument.

16

— Buvez ceci, ma chérie, et puis vous me raconterez tout, dit Mrs Bootle en entrant dans la petite chambre, un verre de lait chaud à la main.

— Ce lit est merveilleusement confortable... mais j'ai honte de prendre la chambre de votre fils, avoua Sylvia.

— Il a l'habitude de la prêter. Mon mari prétend que je fais de cette maison un refuge pour enfants abandonnés !

— C'est exactement ce que je suis...

— Allons, buvez ça, insista Mrs Bootle en approchant une chaise. Que s'est-il passé ? J'étais si contente que vous ayez trouvé ce travail !

Sylvia but une gorgée de lait.

— Vous êtes trop bonne, Mrs Bootle, et je n'ai que vous au monde... à qui me confier. J'ai besoin de vos conseils.

Et elle raconta tout : son arrivée à Sheldon

Hall, la visite d'oncle Octavius et la façon dont elle avait été engagée comme gouvernante, la vie au château... Elle parla enfin de Sir Robert et alors, sa voix changea, ses yeux brillèrent et ses joues se colorèrent. Il aurait fallu être sourd et aveugle pour ne pas comprendre qu'elle l'aimait.

Puis, elle en vint à la terrible scène qui l'avait décidée à fuir mais, incapable de la décrire, elle éclata en sanglots.

— Ne pleurez plus, dit Mrs Bootle après quelques minutes. Mieux vaut rester forte.

— Oh ! si vous saviez ce qui s'est passé... C'est trop affreux ! Je ne pourrai jamais le dire à personne !

— Je crois que je devine... Et vous avez disparu, laissant cette coquine de Romola là-bas ?

— Que voulez-vous dire ? s'écria Sylvia en s'arrêtant de pleurer.

— Eh bien, je veux dire que Romola est sur place, prête à prendre Sir Robert dans ses filets par tous les moyens et qu'en partant vous lui avez laissé le terrain libre.

— Romola ? Mais... Je...

— Je n'oserais vous dire tout ce que je pense de votre sœur. Oh, je sais, vous l'aimez ! Enfin, vous l'aimiez. Mais je n'ai pas versé une larme lorsqu'elle vous a abandonnées. C'était ce qui pouvait vous arriver de mieux, à vous et à votre mère.

— Comment pouvez-vous parler ainsi... vous ?

— Je pourrais vous en dire bien davantage. Dès le premier jour où je suis venue soigner votre pauvre mère, j'ai bien vu que Romola était une égoïste, vous laissant tout le travail et ne songeant qu'à faire de l'œil aux garçons de Poolbrook.

— Oh ! Vous exagérez...

— Dieu m'est témoin que c'est la vérité ! Croyez-vous donc qu'elle a connu le comédien avec qui elle a filé en se rendant à l'église ? J'ai toujours su qu'elle tournerait mal et qu'un jour ou l'autre, elle reviendrait vous tourmenter !

— Je ne puis vous croire, même maintenant, protesta Sylvia. J'ai tant aimé Romola et je l'aime encore.

— Vous en êtes bien sûre ? Vous êtes si différente d'elle !

— Elle est ma sœur...

— Dieu nous donne nos parents mais nous choisissons nos amis. Romola est votre sœur et vous n'y pouvez rien. Mais qu'elle soit votre amie ou non et qu'elle compromette votre bonheur ne dépend que de vous !

— Elle ne voulait certainement pas me porter tort...

— Vous croyez ? Je parie mille livres contre un timbre-poste qu'elle vous a fait croire qu'elle préparait ses bagages parce qu'elle était déjà parée pour la fête et que dès que vous vous êtes retirée, elle est descendue et passée à l'action !

Il était vrai que Romola était arrivée à Sheldon Hall avec des robes du soir... mais avait-elle vraiment essayé de séduire Sir Robert ? Cette idée révoltait Sylvia, lui inspirant le même dégoût que tous les mensonges inventés par sa sœur pour convaincre Lady Clementina de l'inviter. Cependant, elle répugnait à confesser tout cela à Mrs Bootle.

— Romola a tant souffert, répondit-elle enfin, que nous devons être indulgentes envers elle.

— Possible... De toute façon, elle a eu ce qu'elle voulait. Vous êtes hors de course et il ne dépend plus que d'elle de gagner le prix.

— Vous voulez dire Sir Robert ? Mais il ne l'épousera jamais ! Lady Clementina ne le permettrait pas !

— Il n'y a pas que le mariage pour ce genre de femmes, assura Mrs Bootle et, voyant l'air abattu de Sylvia, elle dit : Mais il faut dormir, maintenant. Ne vous tourmentez plus. Vous êtes partie et il n'y a pas à revenir sur votre décision. D'ailleurs, je ne vous en blâme pas. Vous vous êtes comportée en vraie lady et c'est le plus important.

— J'ai bien agi, n'est-ce pas ? demanda soudain Sylvia. Je ne voulais pas quitter Lucy. Mais je n'aurais pas pu le revoir, le regarder en face en sachant ce qu'il pense de moi.

— Vous avez bien agi, ma chérie, dit Mrs Bootle avec douceur. Mais nous en reparlerons demain. Nous avons tout notre temps et, lorsque vous vous sentirez plus forte, nous envisagerons votre avenir et oublierons le passé. C'est aujourd'hui et demain qui comptent. Hier ne reviendra jamais...

— C'est vrai, reconnut Sylvia. Merci, chère Mrs Bootle.

Lorsqu'elle fut seule, la lampe éteinte, Sylvia ferma les yeux. Aussitôt, le visage de Sir Robert lui apparut, déformé par la colère et la souffrance comme quand il l'avait accusée de mentir. Elle enfouit son visage dans l'oreiller. Il croyait certainement encore qu'elle l'avait délibérément trompé... Pouvait-il réellement s'intéresser à Romola ?

— Robert ! Robert ! Oh ! Robert ! je vous aime ! murmura-t-elle passionnément.

Elle comprenait maintenant pourquoi il avait

fui si précipitamment, le soir où il l'avait embrassée dans la nursery. Il avait voulu la protéger de lui-même parce qu'il la respectait. Aujourd'hui, ce respect avait disparu. Elle l'avait détruit en acceptant le plan de Romola. Quelle inconsciente elle avait été ! Cependant, aurait-elle pu refuser d'aider sa sœur malade, sans argent et sans amis ? Non. Elle avait voulu aider Romola, et si elles avaient dit la vérité à Lady Clementina, sa sœur n'aurait pas été reçue à Sheldon Hall et n'aurait pas recouvré la santé. Ainsi, cette misère, cette humiliation, cet exil n'étaient dus qu'à ce mensonge... La gifle que lui avait donnée Sir Robert aussi. Mais il n'aurait pas été aussi violent s'il ne l'avait aimée... Il l'aurait simplement congédiée ou il aurait abusé d'elle. Car il la désirait follement. Elle en avait eu la certitude quand sa colère avait subitement disparu devant son désir irrépressible. Mais elle ne le reverrait jamais. La vie ne lui promettait plus que misère et solitude. Il ne lui restait rien, pas même un espoir.

Lorsqu'elle ouvrit les yeux, elle mit un instant à se souvenir de ce qui s'était passé. Puis un coup d'œil à la pendule, sur la cheminée, lui apprit qu'il était près de midi.

— Mrs Bootle ! cria-t-elle. Je suis réveillée ! Est-il vraiment midi ?

La sage-femme accourut, confirma qu'il était bien midi et ouvrit les rideaux. Le soleil inonda la chambre.

— Alors, vous allez mieux ? Vous avez meilleure mine !

— Je me lève tout de suite !

— Certainement pas avant d'avoir pris votre petit déjeuner. Je vous l'apporte. En attendant, ne pensez à rien. C'est très mauvais de penser quand on a l'estomac vide.

Mais Sylvia ne put s'empêcher de penser à Sheldon Hall. Maintenant, tout le monde savait qu'elle s'était enfuie. Qu'en disait Lady Clementina ? Lucy était sûrement malheureuse. Et Sir Robert ? Romola, elle, devait quitter le château aujourd'hui. À moins que Sir Robert n'ait plaidé sa cause auprès de Lady Clementina ? En apprenant sa disparition, Romola avait dû jouer le désespoir et on l'avait certainement consultée sur ce qui devait être entrepris. Mon Dieu ! elle connaissait l'existence de Mrs Bootle... Sylvia lui avait raconté comment la sage-femme l'avait envoyée à Sheldon Hall. Mais il était vrai que Romola avait intérêt à ne rien faire pour qu'on retrouve sa sœur. Et les habitants de Sheldon Hall se souciaient peut-être fort peu de l'absence de la gouvernante...

– Allons bon ! Je suis sûre que vous avez pensé ! s'écria Mrs Bootle en entrant avec un plateau. Vous avez eu tort... Enfin ! Vous allez manger tout ça jusqu'à la dernière bouchée et vous vous sentirez une autre femme.

– J'aimerais pouvoir vous croire, répondit Sylvia en se servant une tasse de thé.

– Il ne sert à rien de vous morfondre, dit brusquement la sage-femme. Le cafard n'a jamais aidé personne. Il faut vous occuper l'esprit.

– Vous avez raison. Accepterez-vous de m'aider à trouver un autre emploi ?

– Voyons, ma chérie, vous savez que je vous ai toujours beaucoup aimée. Et même admirée lorsque vous vous occupiez de votre mère. Ça n'était pas facile mais vous l'avez fait scrupuleusement, et avec le sourire, alors que la maladie rendait votre mère acariâtre, pauvre femme... C'est à votre tour d'être aidée et je suis très contente de pouvoir le faire.

— Je crois que je ne mérite pas autant de compliments, Mrs Bootle. Je n'ai pas toujours été parfaite, je le sais. Je me suis parfois conduite comme une sotte.

— Nous faisons tous des erreurs. C'est notre seule chance d'apprendre à ne pas faire deux fois la même ! Mais laissons là le passé et songeons à l'avenir. D'abord... avez-vous de l'argent ?

— J'allais vous en parler, répondit Sylvia, embarrassée. Non seulement je n'en ai pas mais je dois une certaine somme.

— Comment avez-vous pu vous enfuir sans un sou en poche ? Qu'avez-vous fait de votre salaire ?

Rouge de honte, la jeune fille avoua qu'elle avait donné son argent à Romola.

— Ainsi, elle vous a aussi pris votre argent ! Pardonnez ma franchise mais vous vous êtes fait rouler. Enfin, ce qui est fait est fait !

— Il faut que je trouve du travail très vite pour rembourser ma dette et vous payer une pension, chère Mrs Bootle.

— Je n'accepterai jamais un sou de votre part, vous le savez ! Mais une jeune femme doit avoir un peu d'argent pour ses dépenses personnelles... Il doit bien y avoir un emploi pour vous à Poolbrook... de dame de compagnie ou même de gouvernante...

— Oh non, pas gouvernante... En m'occupant d'enfants, j'aurais l'impression d'être infidèle à Lucy.

— Nous allons trouver une solution, ne vous

inquiétez pas, assura Mrs Bootle avant de sortir.

Sylvia s'habilla et rejoignit son amie à la cuisine où mijotait un ragoût au fumet délicieux.

— L'autre jour, le docteur Harris m'a dit que sa comptabilité était dans un désordre effrayant, déclara Mrs Bootle. Sa femme s'en occupait mais la pauvre est décédée depuis près d'un an. Il n'a que son fils pour l'aider et il est très pris par ses études de théologie...

— Accepterait-il d'employer quelqu'un qui ignore tout de la médecine ?

— Oh, il veut simplement savoir exactement qui l'a payé et qui lui doit de l'argent. Vous ne gagnerez peut-être pas beaucoup mais, en attendant mieux, vous pourriez rester avec nous.

— Je ne peux occuper la chambre de votre fils trop longtemps !

— Ne vous en faites pas pour Bill ! Il peut habiter chez son ami Harry.

— Je ne savais pas que vous aviez un fils ?

— Je le considère comme mon fils, mais c'est celui de ma jeune sœur. Elle est morte voilà dix ans et depuis, Bill vit avec nous.

— Vous aviez donc une sœur...

— Oui. Une gentille fille mariée à une brute. Il la battait et a fini par l'abandonner. Peut-être même ne l'avait-il pas épousée ? Je n'en sais rien. C'était un de ces coureurs qui n'apportent que le malheur aux femmes. Enfin, nous avons Bill et nous l'aimons bien.

— Justement. Il a besoin d'être ici. Si je pouvais gagner assez pour louer une chambre, ce serait beaucoup mieux. On trouve des chambres à louer, n'est-ce pas ?

— On en trouve, ça oui, dit Mrs Bootle avec rudesse, et elles sont sales, remplies de vermine et louées à des prix excessifs par de vieilles harpies. On n'oserait même pas y mettre un animal ! Non, ma chérie. Pour le moment, vous allez rester ici.

Fidèle à sa parole, la sage-femme alla voir le docteur Harris. Comme elle l'avait prédit, il offrait peu d'argent – quinze shillings par semaine – et exigeait qu'on soit au travail de neuf heures du matin à six heures du soir.

– J'appelle ça de l'esclavage ! conclut-elle.

– C'est mieux que rien, décida Sylvia. Cette somme me permettra de commencer à rembourser Mr Robb. Pensez-vous pouvoir me nourrir avec sept shillings par semaine ?

– Ne vous faites aucun souci à ce sujet, répondit Mrs Bootle. C'est curieux... Parfois, vous me rappelez ma sœur. Elle était très jolie et beaucoup plus jeune que moi. Avec elle, j'étais un peu comme avec vous. Et, si elle m'avait écoutée, elle n'aurait jamais choisi cet homme, elle serait même peut-être encore en vie. Mais voyez-vous, aussi grande que soit l'affection qui unit deux femmes, elle ne pèse pas bien lourd devant l'amour d'un homme, même si c'est un chenapan. Souvenez-vous de cela, mon petit.

Sylvia aurait-elle aidé Romola si elle avait su que cela mettrait Sir Robert dans une telle fureur ? Elle devait bien reconnaître que non. Mrs Bootle avait raison...

Elle se rendit dès le lendemain chez le docteur Harris – un triste bâtiment de style victorien au milieu d'un jardin mal entretenu. Ayant sonné à la porte, puis frappé sans résultat, elle fit le tour de la maison à la recherche d'une porte de service et se retrouva dans une cour. Un jeune homme était là, en train de réparer un pneu de bicyclette.

— Excusez-moi. Y a-t-il quelqu'un dans la maison ? lui demanda-t-elle.

Il leva la tête et lui fit un grand sourire.

— Bonjour ! Vous voulez voir le vieux ?

— Je voudrais voir le docteur Harris mais il semble que la sonnette ne marche pas.

— Il y a des mois qu'elle est cassée. Les clients entrent par la porte de service.

— Ah... Et où est cette porte ?

— Revenez sur vos pas et tournez à droite. Vous la verrez.

— Merci beaucoup. Pardonnez-moi de vous avoir dérangé.

— Je vous en prie. Dites... vous n'avez pas l'air bien malade ?

— Je viens voir le docteur Harris pour... autre chose.

— Vous pouvez me dire pourquoi, je suis son fils.

— Je l'avais deviné. Mrs Bootle a pris rendez-vous pour moi et je dois voir votre père lui-même.

— Mrs Bootle ? Cette vieille sorcière qui se prétend infirmière ?

— Oh... c'est la meilleure personne que je connaisse !

— Je vous crois sur parole mais elle me terrifie, répondit-il en riant. Ce n'est pas comme vous... Vous n'avez pas l'air effrayant, bien au contraire.

Son expression ambiguë déplut à Sylvia qui s'éloigna.

— Je vous fais fuir ? Attendez, je vais vous montrer le chemin.

— Ce n'est pas nécessaire. Merci.

— C'est absolument nécessaire ! Une jolie

175

femme ne doit jamais se promener seule dans un jardin désert.

— Je vous en prie, Mr Harris, ne vous dérangez pas. Je veux voir votre père.

— Mais pourquoi ?

— Je crois qu'il cherche quelqu'un pour s'occuper de son secrétariat...

— Et vous allez vous en charger ? C'est le plus grand événement qui soit jamais arrivé dans cette maison ! Nous avons besoin d'une personne comme vous, ici.

— Il paraît que vous étudiez la théologie ?

— Oui, mais je ne suis pas assez intelligent pour devenir docteur en théologie, ni même pasteur. D'ailleurs, qui voudrait être pasteur, de nos jours ? De toute façon, avec vous dans les parages, je risque d'oublier mes études... et je doute que mon ordination puisse avoir lieu avant au moins six ans !

— Peut-être vaut-il mieux que je ne voie pas votre père...

— Ne soyez pas ridicule. Vous n'avez aucune raison de le voir. Considérez-vous comme déjà engagée.

Inquiète à cause des allusions du jeune homme, Sylvia pressa le pas.

— Au fait, quel est votre nom ? reprit-il.

— Wace, répondit-elle.

— Et votre nom de baptême ?

— Avez-vous besoin de le connaître ?

— Vous êtes vraiment dure avec moi !

— Je préfère n'être que la secrétaire ici, si votre père m'engage.

— Dites donc ! Vous ne vous êtes jamais regardée dans un miroir ? Essayez et vous verrez si vous avez une tête de secrétaire !

Sylvia rougit et, apercevant enfin la porte de service, elle frappa. Un homme d'un certain âge et portant la barbe, lui ouvrit.
– Miss Wace ?
– Oui. Vous êtes le docteur Harris ?
– Lui-même. Voulez-vous entrer ?
Elle le suivit dans un sombre couloir qui sentait l'antiseptique puis dans la salle de consultation en désordre et poussiéreuse.
Il s'assit derrière un grand bureau et l'invita de la main à s'installer dans un fauteuil faisant face à la lumière. Elle obéit et attendit. Derrière les vitres, elle pouvait voir le fils du docteur qui allait et venait en chantonnant l'air à la mode : *Tu es mon rayon de miel et je suis l'abeille... Je veux goûter le miel de tes lèvres...*
Le docteur Harris leva les yeux et regarda Sylvia par-dessus ses lunettes.
– Vous êtes très jeune. Mrs Bootle m'avait laissé entendre que vous étiez plus âgée.

17

Mrs Bootle s'assit dans son fauteuil devant la cheminée et entreprit de délacer ses bottines.
– Mon Dieu ! Quelle journée ! dit-elle à son mari qui, assis en face d'elle, fumait la pipe. Mrs Lockwood a eu des jumeaux ce matin. Deux beaux bébés comme tu n'en as jamais vu... mais quel travail ! J'avais presque fini quand le jeune Johnny Drew est venu m'annoncer que son grand-père avait une attaque. Il s'en est sorti

cette fois encore. Il est reparti au moins pour dix ans !

Mrs Bootle fut interrompue par l'arrivée soudaine de Sylvia, rouge, essoufflée et les cheveux en bataille sous son petit chapeau de feutre.

– Que s'est-il passé, ma chérie ?

– C'est impossible. Ça devient insupportable. Je ne peux pas y retourner !

– Allons ! Asseyez-vous et prenez les choses plus calmement, dit Mrs Bootle. Va lui chercher une chaise, papa !

Mais Mr Bootle avait quitté son fauteuil et prenait sa casquette suspendue près de la porte d'entrée.

– Tu sors ? demanda Mrs Bootle.

Le vieil homme fit un signe de la tête.

– Je vais faire un tour.

C'était sa manière de disparaître discrètement lorsque les gens venaient confier leurs problèmes à sa femme. Sylvia se laissa tomber dans le fauteuil et Mrs Bootle se pencha vers elle.

– Eh bien, que se passe-t-il ?

– Cela peut vous paraître ridicule, dit-elle, mais je ne peux plus supporter ce jeune Harris. J'ai fait tout ce qui était en mon pouvoir, Mrs Bootle, vraiment tout pour le tenir à l'écart. Mais il ne veut pas comprendre.

– Mais pourquoi ne m'en avez-vous pas parlé plus tôt ? J'en dirai un mot au docteur. J'ai entendu bien des histoires sur le compte de ce jeune homme mais je croyais qu'il ne s'agissait que de commérages.

– Il passe ses journées à me guetter et ce soir... il s'est caché dans les lauriers et s'est précipité sur moi... Il faisait presque nuit. J'ai eu horriblement peur. Oh, j'ai honte, Mrs Bootle, de ne pas savoir remettre ce vaurien à sa place.

– Ne vous tracassez pas. Ce n'est pas votre faute.

– Comment font les autres femmes qui gagnent leur vie quand les hommes ne les laissent pas en paix ? Quand ils profitent du fait qu'elles sont faibles et sans défense ?

– J'ai toujours soutenu que la femme a besoin d'un mari pour s'occuper d'elle et la protéger. Vous me direz que j'ai travaillé toute ma vie ? Mais pour moi, c'est différent. Ça n'est difficile que lorsque la femme est jolie. Quand on est aussi grosse que moi, ça ne pose pas de problème.

– Il y a des moments où je déteste être comme je suis ! gémit Sylvia.

Elle savait qu'elle mentait. Sir Robert ne l'avait-il pas aimée pour sa beauté ?

– Bon ! Nous allons vous chercher un autre travail.

– Vous avez travaillé dur toute votre vie et maintenant vous m'entretenez, moi qui suis jeune et bien portante ! Ça n'est pas normal...

Mrs Bootle ne put s'empêcher de rire.

– Ne prenez pas les choses au tragique. D'ailleurs, vous ne mangez pas plus qu'un moineau ! Et puis nous sommes heureux de vous avoir avec nous. Alors, cessez de vous faire du souci, ma petite. Demain matin, j'irai voir le docteur Harris et je lui dirai ce que je pense de son fils.

– Oh ! non ! Ne faites pas cela ! Il prétendra que je l'ai encouragé. Il m'en a déjà accusée !

– Pourquoi ne m'en parliez-vous pas ? J'aurais fait cesser cette comédie depuis longtemps.

Sylvia ne répondit pas. Le sentiment de honte qu'elle avait éprouvé devant son incapacité à repousser Cyril Harris était inexplicable. Elle avait pourtant fait tout ce qu'elle avait pu pour le décourager mais il s'était acharné et avait fait de ses six jours de travail chez le docteur un véritable enfer.

Cyril Harris était odieux et très laid – grand, mou, boutonneux et buvant parfois plus que de raison. Et si Sylvia avait su que sa réputation de coureur de jupons à Poolbrook était justifiée et que son père avait déjà dû payer plusieurs amendes afin qu'il soit remis en liberté... elle aurait mieux compris pourquoi il doutait de devenir pasteur un jour.

Sans le jeune Harris, elle aurait aimé travailler pour le docteur, un vieil homme bourru et bon. Mais, harcelée par le jeune homme, elle n'avait pu se donner à son travail comme elle l'aurait souhaité. Elle avait dû lutter sans répit pour ne pas se laisser embrasser dans les coins, elle lui avait reproché son manque de dignité, l'avait traité de malotru et, finalement, lui avait déclaré qu'elle le haïssait autant qu'elle le méprisait. Tout cela en vain...

Mais un événement dans la soirée avait servi de goutte d'eau qui fait déborder le vase. Le docteur lui ayant dit que Cyril serait absent toute la journée, elle en avait profité pour faire la liste de tous les impayés et écrire aux personnes concernées. Absorbée par son travail, elle n'avait pris conscience de l'heure que lorsqu'une des bonnes était entrée dans le bureau pour allumer la lampe. Elle avait alors mis son manteau et son chapeau et était sortie.

Il faisait presque nuit. L'allée, bordée d'arbustes touffus, était plongée dans l'obscurité. Elle pressait le pas, impatiente de retrouver la maison, quand Cyril Harris s'était soudain jeté sur elle. Terrorisée, elle s'était mise à hurler et s'était débattue désespérément. Mais il était plus fort qu'elle et avait essayé de l'embrasser sur la bouche. Sylvia l'avait violemment frappé en plein visage.

— Petite saleté ! Je vais t'apprendre les bonnes manières !

Elle avait réussi à se libérer et était partie en courant. Il l'avait poursuivie dans l'allée et s'était arrêté au portail, craignant sans doute d'être reconnu par un voisin. Folle de peur, elle avait couru sans se retourner jusqu'à la maison des Bootle.

Elle se sentait souillée par le contact répugnant de ce garçon et désespérait de pouvoir jamais gagner sa vie, ainsi exposée sans cesse aux insultes des hommes.

— Que faire, Mrs Bootle ? demanda-t-elle en soupirant. Aller voir oncle Octavius ?

— Certainement pas !

— Si je le suppliais de bien vouloir m'accepter sous son toit, il finirait par me pardonner de m'être enfuie à Sheldon Hall, trop content d'apprendre que je n'ai pu y rester. Je ne gagnerais rien mais mon travail paierait ma pension...

— Aussi longtemps que je vivrai, vous n'irez pas habiter chez cet homme. Vous auriez dû l'entendre, au chevet de votre pauvre mère, lorsqu'il a constaté que vous étiez partie... Il m'a même accusée d'avoir extorqué de l'argent à votre mère pendant sa maladie. Je lui ai dit ma façon de penser, à ce sale bonhomme ! Ah non ! vous n'irez pas vivre chez lui !

— Que puis-je faire d'autre ?

— Nous allons vous chercher un emploi où

vous ne verrez que des femmes... En attendant, si nous dînions ?

— Je vais préparer le repas ! s'écria Sylvia. Vous êtes fatiguée, je le vois bien.

— Je reconnais que j'ai les jambes un peu lourdes, ce soir.

— Alors, restez assise et si je fais quelque chose qui ne va pas, dites-le moi. Maman disait toujours que j'étais bonne cuisinière.

— Elle avait raison ! Et il fallait voir avec quoi ! Mais une vraie bonne cuisinière est celle qui sait faire de bonnes choses avec des produits bon marché.

Dans un élan d'affection, Sylvia se pencha vers le bon visage de Mrs Bootle et lui fit un baiser.

— Vous êtes merveilleuse, lui dit-elle. Chaque fois que je perds confiance, vous réussissez à me redonner du courage et de l'espoir ! Peut-être pourrais-je être cuisinière ? Qui sait ? Il paraît qu'on ne trouve plus de domestiques...

— Je ne vous imagine pas en domestique. Pas du tout.

— Mais c'est absurde ! Je crois au contraire, que c'est une excellente idée. Beaucoup de maisons n'emploient que des femmes !

— Vous ne parlez pas sérieusement, ma chérie. Que penserait votre pauvre mère d'une idée pareille !

— Ne vaut-il pas mieux gagner honnêtement sa vie comme domestique plutôt que d'endurer les humiliations que j'ai connues ces derniers jours ?

— Vous avez malheureusement raison, reconnut Mrs Bootle.

Sylvia mit un grand tablier blanc. Elle était

ravissante avec ses boucles d'or encadrant son visage qui reprenait des couleurs à la chaleur du fourneau. L'expression hagarde qu'elle avait au début de son séjour avait disparu et ses yeux brillaient tandis qu'elle s'activait.

Mrs Bootle l'observait en silence et, devant cette beauté si fragile et délicate, elle prit soudain conscience qu'elle ne pourrait jamais se défendre dans ce monde si dur. Penchée sur son travail dans une attitude gracieuse, les manches retroussées jusqu'aux coudes, elle ressemblait à une écolière aidant sa mère. Or, elle était condamnée à ne rencontrer que des hommes qui ne pourraient lui convenir et à perdre tous ses emplois à cause de leur conduite légère. Qu'allait-elle devenir, se demandait anxieusement la brave femme dans son désir de la protéger.

– C'est fait, dit Sylvia. Si vous ne l'aimez pas, je sens que je vais pleurer ! J'ai entendu Mr Bootle dire qu'il adorait la tourte au poulet et j'attendais l'occasion de lui en préparer une.

– J'en connais un qui va être content, affirma Mrs Bootle. C'est Bill ! Il est toujours affamé, ce garçon. Il ne devrait pas tarder à arriver.

– Oh ! Tout n'est pas encore prêt pour lui, répondit en souriant Sylvia. Je vais lui faire une petite tarte avec le reste de la pâte.

Ayant pris le rouleau à pâtisserie, elle commençait à étaler la pâte lorsqu'on frappa violemment à la porte.

– Qui cela peut-il bien être ? dit Mrs Bootle. Je suis trop fatiguée pour sortir, ce soir. Il faudrait vraiment que quelqu'un soit très malade pour que je me dérange.

On frappa à nouveau.

— Ils ne peuvent pas attendre une minute ! s'écria Sylvia.

Elle posa le rouleau à pâtisserie et, essuyant ses mains couvertes de farine à son tablier, elle se dirigea vers la porte. Elle l'ouvrit toute grande et s'immobilisa, pétrifiée. Sir Robert Sheldon était debout sous le porche, le visage éclairé par la lumière de la pièce.

Il y eut un long silence que Mrs Bootle finit par rompre :

— Qui est-ce ? demanda-t-elle.

— Puis-je entrer ? fit Sir Robert.

Sylvia, la gorge nouée par l'émotion, était incapable de parler.

Sir Robert enleva son chapeau et se pencha pour entrer dans la petite maison. Dans la salle de séjour au plafond bas, il paraissait immense. Devant cet homme à l'allure si noble, Mrs Bootle, intimidée, n'osait ni bouger ni dire un mot.

— Vous êtes certainement Mrs Bootle, dit Sir Robert avec courtoisie en s'approchant d'elle, la main tendue.

— Elle-même, murmura-t-elle en se levant.

— Permettez-moi de vous remercier infiniment pour votre lettre qui prouve votre rare générosité.

— Une lettre ? balbutia Sylvia.

— J'ai pensé que c'était mon devoir, ma chérie, de faire savoir à Sir Robert où vous étiez... expliqua Mrs Bootle, très gênée. Il n'est pas normal de disparaître ainsi.

— Oh ! Comment avez-vous pu ?

Les yeux de Sylvia s'emplirent de larmes. Même Mrs Bootle avait manqué à sa parole... La seule en qui elle avait confiance.

— Mrs Bootle m'a rendu un grand service, dit Sir Robert en se tournant vers la jeune fille. Je

suis venu vous demander de revenir à Sheldon Hall.
– Jamais !
– Et vous ne voulez pas savoir pourquoi je vous le demande ?

Sylvia, bouleversée par la douceur de sa voix, lui tournait le dos. De sa chevelure relevée en chignon, s'échappaient de petites boucles dont la blondeur se détachait gracieusement sur la blancheur de sa nuque.
– Écoutez-moi, je vous prie.

Elle fit volte-face, les larmes au yeux mais le menton levé.
– Je ne veux rien entendre, Sir Robert. Vous n'aviez pas le droit de venir ici. Vous savez pourquoi j'ai quitté votre maison. Alors, partez, maintenant. Je vous en prie.

Il y eut un silence. Ils se faisaient face, tendus et émus à l'extrême. Créés l'un pour l'autre et séparés.

Redoutant de succomber au charme de celui qu'elle aimait, Sylvia répéta :
– Partez, je vous en prie...
– Pas avant de vous avoir dit pourquoi je suis venu, dit-il d'un ton ferme. Lucy est malade – très malade –, et elle vous demande.
– Lucy ! Oh ! Lucy... Que s'est-il passé ?
– Lorsqu'elle a appris votre départ, elle a cru que vous vous étiez perdue dans la campagne et elle est partie toute seule à votre recherche. Il faisait froid et humide et elle n'était pas assez couverte. On l'a retrouvée trempée et épuisée.
– Oh ! Lucy... Lucy ! sanglota Sylvia.
– Elle a une pneumonie et ne cesse de vous réclamer.
– Je vous suis, dit Sylvia d'une voix étouffée.

185

Elle enleva son tablier et, sans ajouter un mot, monta dans sa chambre. Lorsqu'ils furent seuls, Mrs Bootle demanda à Sir Robert :

– Mademoiselle votre fille est-elle vraiment malade, Sir ?

– Hélas, oui.

– J'en suis désolée...

Un long silence suivit.

– Vous serez gentil avec Sylvia, n'est-ce pas, Sir Robert ?

– Je vous le promets.

– Elle a eu une jeunesse difficile. Elle n'a pas d'argent et il n'est pas facile pour une jeune femme comme elle de trouver un emploi.

– Pas d'argent ? s'étonna-t-il. Je ne l'aurais jamais pensé...

– C'est la vérité.

– Je vous remercie de m'en avoir informé.

Sir Robert jeta un coup d'œil circulaire sur la modeste pièce.

– Puis-je vous régler ce qu'elle vous doit ?

– Aussi longtemps que miss Wace n'a pas de foyer, elle est chez elle dans cette maison, répondit Mrs Bootle d'un air offensé.

Regrettant de l'avoir blessée, il lui tendit la main.

– Merci encore pour votre lettre, dit-il.

Sylvia revint bientôt, son sac de voyage à la main. Elle traversa la pièce sans rien dire, mit son manteau et son chapeau. Dans son visage très pâle, ses yeux semblaient agrandis.

– Je suis prête, Sir Robert, dit-elle d'une voix posée.

– L'attelage nous attend au bout de la rue, répondit-il. Au revoir, Mrs Bootle.

Sylvia serra la sage-femme dans ses bras et l'embrassa.

– Ne m'en veuillez pas de lui avoir écrit, murmura Mrs Bootle tout bas. Vous me remercierez peut-être, un jour...

Sans répondre, Sylvia la serra un peu plus fort contre elle puis se tourna vers la porte que Sir Robert tenait ouverte.

18

Sylvia observait Sir Robert à la dérobée. Son visage impénétrable ne trahissait rien de ses pensées. Ils venaient de déjeuner, confortablement installés dans le wagon privé des Sheldon qui avait été rattaché au *Nord-Express*. Sylvia, bercée par le bruit du train qui traversait la nuit à grande vitesse, tentait de s'y retrouver dans le chaos de son esprit.

Lorsqu'elle s'était retrouvée dans la voiture de Sir Robert qui roulait vers la gare, l'émotion l'avait presque terrassée. Assise près de Sir Robert, dans le silence martelé par le bruit des sabots des chevaux sur les pavés, elle avait songé que pour la seconde fois dans sa vie, elle rompait avec Poolbrook et son passé.

Fermé, muet, Sir Robert semblait encore plus distant et taciturne que de coutume. Et elle avait du mal à croire qu'il l'avait serrée dans ses bras et embrassée avec passion, il n'y avait pas si longtemps.

À la gare, des domestiques en livrée les attendaient pour les conduire à leur wagon. Dans la voiture, Sylvia avait retrouvé la pompe et le luxe de Sheldon Hall. Un valet de pied s'était précipité pour la mener à sa chambre. Mais d'un geste, Sir Robert l'avait renvoyé.

— Je montrerai moi-même sa chambre à miss Wace.

Puis il avait précédé Sylvia jusqu'à un salon où Éthel les attendait.

— Votre femme de chambre prendra soin de vous, avait-il dit en désignant Éthel de la main tandis qu'il regardait Sylvia dans les yeux.

Elle avait aussitôt compris ce qu'il avait à l'esprit et elle avait baissé les yeux tandis que son visage s'empourprait. Mais elle avait souri à Éthel, essayant de paraître le plus naturelle possible.

— Oh, miss ! Comme je suis heureuse de vous revoir ! s'était écriée la femme de chambre.

Devant son évidente sincérité, Sylvia avait eu du mal à retenir ses larmes. Réprimant son émotion, elle avait suivi la servante dans le wagon-lit. Un lieu austère avec son petit lit de cuivre, sa cuvette pour sa toilette et sa petite coiffeuse, mais on y avait déposé un magnifique bouquet d'œillets. Sylvia avait contemplé tout cela puis elle avait posé la question qui lui brûlait les lèvres depuis qu'elle avait quitté Mrs Bootle.

— Miss Lucy est-elle en danger ?

— Je ne saurais vous décrire les terribles heures que nous avons connues, avait avoué Éthel.

— Que s'est-il passé ? Sir Robert ne m'a presque rien dit.

— Ça a commencé juste après votre départ. Quand miss Lucy a compris que vous étiez partie, elle s'est mise à pleurer toutes les larmes de son corps. Nannie a essayé de la calmer mais en vain : « Je veux Wacey ! Je veux ma Wacey ! » ne cessait-elle de gémir. Aussi, à la fin, croyant la consoler, Nannie lui a dit que vous seriez vite de retour, sans se douter que notre petite y croirait. Et miss Lucy s'est convaincue que vous vous cachiez dans le parc. Un matin, elle m'a demandé de partir à votre recherche dans la roseraie et dans le bois de hêtres. Je lui ai répondu que nous irions aussitôt mon travail fini. Comme il faisait très mauvais, Nannie m'avait justement demandé de promener miss Lucy au jardin. Et quand je suis venue la chercher à la nursery, elle n'y était pas. Ni chez Lady Clementina... Nous l'avons cherchée dans tout le château. J'ai couru à la roseraie, au bois de hêtres. Sans succès. Il y avait environ deux heures qu'elle avait disparu et nous avons commencé à nous inquiéter sérieusement. Sir Robert était fou de rage.

Il a envoyé les valets de pied à sa recherche et a fait seller un cheval. Il s'était mis à pleuvoir très fort. Les hommes ont battu tout le parc sans trouver trace de miss Lucy.

– Mon Dieu ! Où était-elle ? s'était écriée Sylvia.

– On l'a trouvée vers sept heures, à la tombée de la nuit, dans la lande. On ne comprend pas comment elle a pu aller jusque-là. Elle devait être si inquiète à votre sujet qu'elle ne mesurait pas sa fatigue. À la Roche Noire, elle a dû se rendre compte qu'elle était très loin du château et absolument seule. Elle dormait, recroquevillée au pied de la roche, quand Sir Robert l'a retrouvée.

– C'est Sir Robert qui l'a retrouvée ?

– Oui. Comme il était à cheval, il est allé plus loin que les autres.

Sylvia connaissait bien la Roche Noire qui servait de point de repère dans la région car elle était au sommet de la plus haute des collines qui se dressaient derrière Sheldon Hall. Elle y était souvent allée avec Lucy.

– Sir Robert est donc revenu avec miss Lucy, avait poursuivi Éthel. Nous lui avons fait prendre un bain chaud et l'avons mise au lit. Lorsque je lui ai porté son dîner, la pauvre enfant semblait désespérée. Ses joues étaient rouges. On voyait qu'elle était malade. Mais elle parlait de vous chercher encore, en sanglotant. Elle l'a dit à Sir Robert.

– Et comment a-t-il réagi ? avait demandé Sylvia incapable de résister à sa curiosité.

– Il a regardé miss Lucy en silence un instant et il lui a demandé pourquoi elle voulait tellement vous voir. Elle a sangloté de plus belle en criant : « Je veux Wacey ! Je la veux, je la veux ! Oh ! papa, s'il te plaît, trouve-la. » Il n'a rien répondu. Il attendait le docteur.

– Quand est-il arrivé ?

– Tard. Il était presque onze heures. La température de miss Lucy était très élevée mais elle ne voulait pas dormir. Elle ne cessait de parler. Le docteur lui a donné un médicament pour dormir et a dit qu'il reviendrait le lendemain matin. Nannie et moi ne l'avons pas quittée depuis et elle vous a réclamée sans arrêt. Pendant quatre jours, elle vous a imaginée malheureuse et en danger, nous suppliant d'aller à votre secours. À la fin, nous n'en pouvions plus et Nannie a dit à Sir Robert qu'il fallait vous retrouver.

– Et qu'a-t-il répondu ?

– « Très bien. » C'est tout. Nous nous attendions à vous voir arriver à tout instant mais les jours passant, nous avons deviné qu'il ignorait où vous étiez.

– Mais où était ma sœur ?

– Oh ! Elle était déjà partie. Je ne sais pas exactement ce qui s'est passé mais elle a quitté Sheldon Hall le lendemain de votre départ.

– Ainsi vous saviez que Sir Robert essayait de me retrouver sans y parvenir ?

– Nous savions qu'il faisait de son mieux. Le docteur a diagnostiqué une pneumonie. Miss Lucy devenait de plus en plus faible et vous réclamait toujours. Tous les matins, lorsque Sir Robert montait après le courrier, Nannie le regardait pleine d'espoir et régulièrement il faisait un signe négatif de la tête.

– Et ensuite ?

– La maladie de miss Lucy a continué de s'aggraver. D'autres infirmières ont été appelées et j'étais rarement autorisée à pénétrer dans la nursery pendant la nuit. Je passais tout mon temps à servir les infirmières. Des prétentieuses. Avant-hier, le docteur a dit : « Ne pouvez-vous rien faire pour trouver cette femme, Sir Robert ? » Ils étaient dans la nursery, j'ai tout entendu. « J'ai mis la meilleure agence de détectives sur sa piste mais sans résultat jusqu'à présent », a répondu Sir Robert. Un peu plus tard, il est arrivé à la nursery, souriant, une lettre à la main. Il est entré dans la chambre de Lucy et sans bien nous rendre compte de ce que nous faisions, nous l'avons suivi. Il s'est approché de miss Lucy, plus fragile et maigre que jamais, la pauvre, et lui a dit : « Lucy, je sais où est ta Wacey. Je vais la chercher. Tu comprends ? » « Tout de suite », a dit miss Lucy. « Oui, tout de suite. » Il m'a vue et m'a demandé de préparer tous les vêtements nécessaires pour vous et de l'accompagner. Enfin, miss Wace, vous voilà ! Je sais que vous allez sauver la vie de notre miss Lucy.

Sylvia s'était laissée tomber sur son lit, le visage caché dans ses mains.

– Oh, Éthel ! Je n'aurais jamais dû l'abandonner !

– N'ayez pas de regrets, miss. Elle ira mieux dès qu'elle vous verra. Ne voulez-vous pas changer de robe pour dîner ?

Sylvia avait été trop heureuse d'enlever la vieille robe usée qu'elle avait portée depuis son départ de Sheldon Hall. En se voyant dans le miroir, elle s'était aperçue que son expression avait changé, l'élégance de sa toilette lui ayant redonné confiance en elle.

Timide, nerveuse, elle était entrée dans le salon où l'attendait Sir Robert. Deux domestiques les avaient servis, présentant les différents mets sur des plats d'argent. Une bouteille de vin blanc était mise à rafraîchir dans un seau à glace.

– Prenez-en un peu, cela vous fera du bien, avait insisté Sir Robert comme elle refusait d'en boire. Le voyage sera long et on dort mal dans le train.

Leur conversation avait été banale et entrecoupée de longs silences. Le dîner était délicieux mais Sylvia n'avait pas faim.

Ils ne disaient rien depuis quelques minutes et elle observait Sir Robert à la dérobée, se demandant ce qu'il pensait, quand un domestique entra avec une coupe de fruits. Sylvia n'en prit pas et il fit de même, demandant tout de suite le café et les liqueurs.

Puis il se leva et invita Sylvia à s'asseoir dans un fauteuil en face de lui. Le domestique disposa le café et les liqueurs sur la petite table qui les séparait. Sir Robert voulait lui parler. Elle était impatiente de l'entendre et effrayée aussi, tant de ce qu'il allait lui dire que de lui-même.

– Je vous suis très reconnaissant de bien vouloir revenir à Sheldon Hall, commença-t-il. Je n'ai rien exagéré en vous disant que Lucy était gravement malade. Votre femme de chambre a certainement confirmé mes propos ?

– Oui, elle m'a tout raconté, comment Lucy avait disparu et comment vous l'aviez retrouvée au pied de la Roche Noire.

– Je ne comprends toujours pas comment cette enfant a pu gravir une pente aussi raide.

– On peut déplacer des montagnes quand on aime vraiment, dit-elle.

Il lui lança un regard rapide, détourna les yeux et, saisissant sa cuillère à café, il la fixa comme s'il n'en avait jamais vu auparavant.

– Miss Wace, je vous dois des excuses, dit-il enfin. Croyez que je suis terriblement désolé pour ce qui s'est passé la veille de votre départ.

Un frisson parcourut Sylvia. Elle sentit le sang affluer à ses joues.

– Il serait inutile de me chercher des excuses, mais je veux que vous sachiez que j'ignorais alors que vous n'aviez retrouvé votre sœur que très récemment, après une séparation de plusieurs années.

– Qui vous l'a dit ?
– Votre sœur elle-même.
– Et qu'est-elle devenue ?
– Elle a quitté Sheldon Hall pour Londres, le lendemain de votre départ.

— Mais qui... je veux dire... comment...
— Puis-je être franc avec vous, miss Wace ? Votre sœur m'a dit toute la vérité avant de partir. Et elle est retournée à sa vie. Elle m'a promis de ne rien faire pour vous retrouver à moins que vous ne désiriez la voir et que vous le lui disiez.

— Mais pourquoi... cette promesse ?
— Pardonnez-moi d'être encore aussi franc... mais elle avait tout à gagner.

— Vous avez donné de l'argent à Romola en échange de cette promesse ?

— Votre sœur n'avait plus un sou.
— Je suis confuse... souffla Sylvia en cachant son visage dans ses mains.

Que sa sœur ait accepté de l'argent contre une telle promesse la remplissait de honte. Mais qu'y pouvait-elle ? Elle n'avait pas été consultée et le mal était fait. Il ne lui restait qu'à supporter cette nouvelle humiliation.

— J'espère que cette nouvelle ne vous afflige pas trop ? demanda-t-il en voyant son embarras. Votre sœur était plutôt satisfaite.

— Vous pouvez difficilement attendre de moi que je le sois également.

— C'est vrai... vous êtes si différente, dit-il en la regardant d'un air pensif. Oubliez cette affaire. Votre sœur ne mourra pas de faim.

— Pourquoi l'aideriez-vous ?
À cette question, une flamme si passionnée brûla dans les yeux de Sir Robert que Sylvia détourna la tête. Et pendant un instant, une sensation d'intimité exquise les enveloppa.

— Il n'y a plus rien à ajouter sur ce sujet, miss Wace, dit-il soudain, rompant le charme. Je voudrais maintenant que nous parlions de vous et

de votre retour à Sheldon Hall. L'attitude que j'ai eue envers vous est inexcusable. Je ne puis que vous promettre que cela ne se reproduira jamais. Si vous voulez bien vous occuper de ma fille, je vous en serai très reconnaissant et vous prouverai ma gratitude en restant aussi éloigné que possible de vous. Me comprenez-vous ?
– Oui, très bien.
Il se levait. L'entretien était terminé.
Pourtant, il n'avait plus cet air dur et arrogant et son visage exprimait maintenant une profonde souffrance. Sans un mot, elle se leva à son tour.
– Bonsoir, Sir Robert, dit-elle.
– Bonne nuit, miss Wace. Nous arriverons à Mickledon demain matin vers huit heures.
– Merci.
Il ouvrit la porte et, en passant près de lui, elle l'effleura involontairement de l'épaule. Un très court instant, ils furent tout près l'un de l'autre. Puis Sylvia fit un pas dans le couloir et s'éloigna. La porte se referma derrière elle.

19

– Il fait si beau, Wacey ! Si nous allions à la Roche Noire ?
– Tu veux vraiment y aller ?
– Oui, pourquoi pas ?
Émerveillée, Sylvia regarda Lucy. Ainsi, elle avait déjà oublié ! C'était difficile à croire car elle avait vécu de terribles heures, accablée par la maladie et par le sentiment d'être totalement abandonnée.

Combien de fois, depuis son retour à Sheldon Hall, Sylvia ne s'était-elle pas reproché d'avoir cru que son départ n'affecterait pas la petite fille ! Mais ce n'était qu'en la voyant couchée et amaigrie, en proie à la souffrance, qu'elle avait réalisé la profondeur de l'attachement de Lucy à sa personne.

Pendant la première semaine qui avait suivi son retour, l'enfant l'avait voulue près d'elle jour et nuit. Elle était alors si faible que Sylvia avait craint pour sa vie et ne l'avait pas quittée une seconde. Puis elle avait commencé à se remettre tout doucement.

— Tu es bien ici, Wacey, vraiment bien ? demandait souvent la petite fille au bord des larmes. Tu ne vas pas repartir ? Tu me le promets ?

— Je resterai toujours près de toi. C'est promis.

Un instant plus tard, Lucy répétait ses questions angoissées et Sylvia mesurait avec effroi le sentiment d'insécurité qu'elle avait créé chez cette enfant qu'elle chérissait.

Un jour enfin, Lucy avait été hors de danger. Après six semaines de veille, Sylvia s'était effondrée et Nannie l'avait obligée à garder le lit. Elle avait dormi, dormi... Sans rien entendre lorsqu'on avait porté Lucy dans sa chambre, car la petite fille voulait vérifier de ses propres yeux que sa Wacey était toujours là.

Quelques semaines plus tard, un matin où elles se promenaient toutes les deux dans le jardin plein de fleurs, Sylvia s'était souvenue de Sir Robert dont elle avait presque oublié l'existence pendant ces semaines d'angoisse. Il avait tenu parole et ne lui avait pas imposé sa présence. Mais, au lieu d'en être satisfaite, elle en souffrait.

Chaque fois qu'il était venu voir Lucy, il l'avait saluée avec froideur. Une fois seulement, alors qu'elle sortait de la chambre de Lady Clementina, il l'avait arrêtée.

— Si vous désirez quoi que ce soit pour vous ou pour Lucy, n'hésitez pas à me le demander, avait-il dit.

Sylvia était très fatiguée, ce jour-là. Et elle se sentait terriblement seule. L'air lointain de Sir Robert avait achevé de la désoler et, tremblante, elle n'avait pu réprimer ses larmes. Il l'avait fixée un long moment et, sous ses airs méprisants, elle avait senti qu'il souffrait. Ils s'étaient regardés longtemps, muets, transportés dans un autre monde. Elle s'était abandonnée au charme qui les liait, immobile, les lèvres entrouvertes. Et brusquement, Sir Robert lui avait tourné le dos et s'était éloigné. En plein désarroi, elle avait failli s'évanouir. Mais, se ressaisissant, elle était allée accueillir le docteur.

— Je n'ai jamais vu un enfant aimer avec autant de force, avait-il déclaré.

— C'est naturel, avait-elle expliqué. Je suis son seul lien avec sa mère.

— Vous devriez tout de même veiller à ce que cet attachement ne devienne pas excessif. Après tout, il se peut que vous la quittiez un jour. Jeune et jolie comme vous l'êtes, vous ne tarderez sûrement pas à vous marier.

Sylvia n'avait pas répondu. Comment aurait-il pu savoir qu'elle n'envisageait le mariage qu'avec un seul homme – le seul qu'elle ne pourrait jamais épouser ? Et pourtant, il l'aimait, elle en était aussi sûre que de son amour pour lui. Mais la mystérieuse barrière qui se dressait entre eux n'était pas leur différence de rang social, non

— mais bien plutôt le terrible secret que gardaient jalousement les murs de Sheldon Hall.

Le caractère de Lady Clementina ne cessait d'empirer. Plus d'une fois, Sylvia avait vu Purvis sortir de la chambre de sa maîtresse avec les yeux rouges, et les jeunes bonnes y entraient toujours en tremblant. Un matin où la jeune fille allait voir Lady Clementina pour lui rendre compte de l'état de santé de Lucy, elle avait entendu, à travers l'épaisse porte de chêne, les voix coléreuses de la mère et du fils.

— Cette maison a plus d'importance que vos sentiments ! s'était écriée Lady Clementina.

— C'est à moi d'en juger, avait répliqué Sir Robert.

La jeune fille était revenue sur ses pas, honteuse de s'être laissée aller à écouter, mais elle avait eu la confirmation de ce qu'elle pensait : Sir Robert s'opposait obstinément au désir de sa mère de le marier.

Mais ce qui comptait le plus pour Sylvia, c'était la santé de Lucy qui s'améliorait de jour en jour. L'enfant avait beaucoup maigri et grandi. On avait coupé ses anglaises et avec ses courtes boucles, elle ressemblait encore plus à son père. Son caractère, en revanche, était bien différent. Impétueuse et expansive, Lucy redevenait le joyeux petit ouragan que Sylvia avait connu avant son départ.

— Allons, dépêchons-nous, Wacey ! s'écria-t-elle. Le chemin est long jusqu'à la Roche Noire. Il faut partir tout de suite !

— Tu crois que tu auras la force d'aller jusque-là ? s'inquiéta Sylvia.

— Si je me sens trop fatiguée en route, nous reviendrons sur nos pas.

— Bon. Je vais mettre mon chapeau et prévenir Éthel que nous serons peut-être en retard pour le thé. Change de chaussures pendant ce temps.

— Oh ! Wacey ! Faites vite !

Quelques minutes plus tard, main dans la main, elles descendaient le grand escalier. Sir Robert était dans le hall et Lucy courait déjà vers lui.

— Papa ! je vais à la Roche Noire avec Wacey. Vous venez avec nous ?

— C'est que je n'aime pas beaucoup marcher...

— Pourtant, ça vous ferait du bien ! Hier, Wacey a dit que tout le monde devrait marcher.

— Il ne faut pas nous attarder, ma chérie, dit Sylvia en s'approchant. N'oublie pas que nous devons être de retour pour le thé.

— Je veux parler à papa ! Je ne l'ai pas beaucoup vu, ces temps-ci...

— J'ai été très occupé, dit Sir Robert.

— Très occupé ? s'écria Lucy. Mais vous n'avez pas de leçons et vous n'êtes même pas obligé de faire cette horrible gymnastique que Wacey m'impose tous les jours ! À quoi donc passez-vous votre temps ? Je me le demande !

— Tu l'apprendras en temps voulu, répondit-il.

Il sourit à Sylvia par-dessus la tête de l'enfant et elle lui rendit son sourire, s'efforçant de calmer les battements précipités de son cœur.

— Vous viendrez me voir, ce soir, papa ? J'aimerais tant ! dit Lucy.

Sir Robert souleva sa fille dans ses bras et l'embrassa.

— Et pourquoi ne descendrais-tu pas dîner avec moi ? demanda-t-il.

— Je crains que vous ne dîniez trop tard, Sir Robert, intervint Sylvia. Il ne faudrait pas que Lucy se fatigue.

– Très bien, répliqua-t-il. Alors c'est moi qui monterai chez toi pour dîner ! À quelle heure prenez-vous votre repas ?

– À six heures trente.

– Je serai ponctuel. Que puis-je apporter ?

– Des dragées, des chocolats et aussi ces bonbons avec un marron à l'intérieur ! s'écria Lucy.

– Des marrons glacés ? Entendu. À tout à l'heure...

Sylvia et Lucy allaient sortir, quand on entendit une voiture arriver. Un instant plus tard, on sonnait à la porte. Lucy, curieuse, alla prendre la main de son père et Bateson accourut pour ouvrir. Un homme en uniforme bleu orné d'insignes d'argent se présenta.

– Sir Robert ! Vous êtes là, dit-il. Je voudrais vous parler.

Il pénétra dans le hall. Sylvia reconnut son uniforme : c'était celui du chef de la police.

– Bonjour, colonel Rochdell, dit Sir Robert avec froideur. Que se passe-t-il ? Je n'ai pas beaucoup de temps à vous consacrer.

– Je ne resterai pas longtemps, rassurez-vous, répliqua l'homme tout aussi froidement. Je viens officiellement vous informer qu'à la suite des ordres que nous avons reçus de Londres, mes hommes sont en train d'exhumer le corps de votre frère aîné, Sir Edward Sheldon.

Il y eut un silence. Sir Robert resta impassible mais Sylvia remarqua qu'il pâlissait et que sa main serrait un peu plus fort celle de Lucy.

– Qui vous a donné ces ordres ? demanda-t-il.

– Le ministère de l'Intérieur. Après avoir pris connaissance d'un rapport que je leur ai envoyé il y a quelques semaines.

– Pourrais-je avoir un double de ce rapport ?

— Certainement. Bien entendu, vous devrez attendre que le corps ait été exhumé.

Le chef de la police dit ces mots d'un ton si peu amène que tout à coup, Sylvia eut la révélation du mystère de Sheldon Hall : Sir Robert avait tué son frère pour accéder au titre de baron... Elle fut épouvantée d'avoir pu penser une chose pareille et, regardant le chef de la police, elle sentit un élan de haine et de colère monter en elle contre lui.

— Puis-je savoir qui est à l'origine de cette nouvelle enquête ? demandait Sir Robert.

— Vous le saurez plus tard. Tout ce que je peux vous dire pour l'instant, c'est qu'une femme en colère est souvent le plus dangereux des ennemis.

Le cœur de Sylvia s'arrêta de battre : ce ne pouvait être que Romola. Furieuse d'avoir été chassée de Sheldon Hall, et oubliant la générosité de Lord Sheldon, elle s'était vengée en révélant à la police les calomnies abominables que Purvis lui avait racontées. Blême, Sylvia se sentit écrasée de honte. Tremblante, elle se tourna vers Sir Robert. Son visage crispé était d'une pâleur effrayante mais il restait distant et hautain.

— Vous êtes prié de ne pas quitter votre demeure tant que nous n'aurons pas les résultats de l'enquête. Si vous...

— Je n'ai pas l'intention de fuir, l'interrompit Sir Robert, glacial.

— Bon... eh bien, ce sera tout. Croyez que je suis désolé...

— Au revoir, colonel Rochdell.

Bateson s'était éclipsé, le chef de la police ouvrit lui-même la porte et sortit. Seuls dans le vaste hall, ils restèrent tous les trois immobiles et silencieux. Lucy serrait toujours la main de son père.

Soudain, un hurlement les fit se retourner. Lady Clementina, en robe d'intérieur de velours rouge, était en haut de l'escalier. Son visage à la fois jeune et ridé était convulsé et elle était terrifiante à voir avec ces diamants qui étincelaient autour de son cou décharné et de ses poignets squelettiques. Derrière elle, Bateson, affolé, voulait la soutenir mais n'osait la toucher. Elle descendit l'escalier en s'agrippant à la rampe et en hurlant :

– Où est cet homme ? Il faut qu'il sache... Il le faut ! Robert est innocent ! Oui, innocent ! C'est moi qui ai tout fait... moi qui ai tué Edward !

En atteignant la dernière marche, elle crispa ses doigts maigres sur sa poitrine, poussa un cri déchirant et bascula en avant. Étendue sur le sol, elle cria à nouveau avec un sursaut de tout son corps, eut un râle affreux et se tut brusquement. Elle ne bougeait plus.

Les quatre témoins de cette horrible scène, paralysés, fixèrent un instant le corps frêle sous la robe de velours rouge vif. Puis Sylvia s'agenouilla et enveloppa Lucy de ses bras pour la protéger de cette vision de cauchemar.

Du sang coulait – sinistre filet rouge sur l'éclat des diamants et le marbre des dalles.

20

Sylvia souleva Lucy et la serra contre sa poitrine pour courir au jardin.

– Grand-mère... Oh, Wacey, dis-moi... elle est malade ? dit la petite fille, effrayée, tandis que Sylvia la posait sur la pelouse, au soleil.

– Ne dis rien, viens... Viens vite. Nous allons à la Roche Noire, dit Sylvia en l'entraînant. Je me demande combien de temps il nous faudra pour y arriver. Ah ! nous allons voir ça à ma montre...

Et elle lui parla, de n'importe quoi et avec le plus de naturel possible. L'essentiel était de la rassurer, de chasser de son esprit avant qu'elle ne s'y grave, la vision de cet être brisé, ensanglanté et dérisoire gisant au pied de l'escalier du hall. Sylvia se força à parler et à rire pour tenter aussi d'apaiser sa propre angoisse.

Elles atteignirent la Roche Noire en un temps record et s'assirent sur la bruyère. D'ici, Sheldon Hall paraissait moins gigantesque. Ce n'est qu'une demeure bâtie par des êtres humains, songea Sylvia. Mais elle savait que c'était aussi un lieu de passions dévorantes qui l'avait ensorcelée à jamais et dont elle connaissait le secret maintenant. Elle comprenait enfin pourquoi Sir Robert était si distant et si arrogant – et pourquoi son regard trahissait parfois tant de souffrance. Se laisserait-il accuser de la mort d'Edward ? Oui, à coup sûr... Il braverait tout pour la mémoire de sa mère. Et les seuls témoins des dernières paroles de Lady Clementina – Bateson et elle-même – garderaient le silence s'il le leur ordonnait. Non – pas elle. Elle ne pourrait supporter que l'homme qu'elle aimait fût mis à mort pour un crime qu'il n'avait pas commis. Mais parler serait encore le trahir puisqu'il préférait mille fois la mort que de voir la mémoire de sa mère déshonorée... Désespérée, Sylvia couvrit son visage de ses mains.

– Wacey, demanda Lucy tout à coup, pourquoi grand-mère est-elle tombée dans l'escalier ?

– Je crois que c'est à cause de son cœur... Ta grand-mère souffrait du cœur depuis longtemps, tu le sais. C'était pour ça qu'elle restait toujours couchée. Et tout à l'heure, son cœur a cessé de battre et elle... elle est montée au Ciel.

Lucy resta un instant silencieuse.

– Qui a-t-elle tué ?

– Écoute, ma chérie, lui dit Sylvia en lui prenant les mains, tu m'aimes, n'est-ce pas ?

– Tu sais bien que oui, Wacey.

– Et tu aimes ton père ?

– Oui, bien sûr.

– Eh bien, je te demande d'oublier ce que ta grand-mère a dit. Par amour pour ton père et pour moi-même, tu ne dois jamais répéter à personne ce que tu as entendu. Tu veux ?

– Pas même à Nannie ?

– À personne. Et si jamais on t'interrogeait, il faudrait répondre que tu ne sais pas ce qu'elle a dit. Tu t'en souviendras ?

– Oui, Wacey, je te le promets. Mais dis-moi... elle a vraiment tué quelqu'un ?

– Je suis sûre que non. Elle a eu un cauchemar, comme tu en as souvent.

– Pauvre grand-mère ! C'est bizarre, les cauchemars...
– Oui, c'est étrange... assura Sylvia en se relevant. Il est temps de rentrer...

Rentrer... ça voulait dire affronter la réalité, être témoin de la détresse de Robert avant que la tempête ne l'emporte loin de Sheldon Hall, dans quelques jours, peut-être quelques heures... Elle distingua le clocher de la petite chapelle qui dominait les arbres, jaillissant entre les branches. C'était là, au pied de ce clocher, qu'on était en train de sortir de terre le cercueil d'Edward Sheldon. Alors, Sylvia se souvint de Nannie en larmes devant cette tombe. Nannie qui avait aimé Edward comme son propre enfant et ne l'avait jamais quitté... Nannie devait savoir comment il était mort. Était-il imaginable que Lady Clementina ait tué l'être qu'elle avait porté en elle ? Et si c'était le cas, n'était-il pas intolérable de penser que la vie d'Edward avait été sacrifiée à un bâtiment de pierre ? C'était peut-être pour cela que le château avait si souvent paru à Sylvia aussi menaçant qu'un vampire...

Prenant Lucy par la main, elle s'engagea dans le sentier qui serpentait à flanc de colline. Elle craignait le moment où elle retrouverait Sir Robert, car elle l'aimait plus que jamais. D'un amour indestructible, elle le savait maintenant. Les soupçons du chef de la police ne l'avaient pas ébranlée et elle aurait aimé Sir Robert même s'il avait été l'assassin d'Edward. Son amour était plus fort que tout.

– Alors, Wacey, vous venez ? protesta Lucy en la tirant par la main.

Sylvia pressa le pas et bientôt, Sheldon Hall se dressa devant elles. Encore un instant et Sylvia

205

allait retrouver Sir Robert... Qu'allait-elle devenir ? Et Lucy ? Et Robert... ?

La petite fille courut devant. Elle entra dans le hall la première, suivie par Sylvia essoufflée. Grâce à Dieu, l'endroit était désert.

– Nous avons fait une très jolie promenade, Éthel, dit Sylvia en entrant dans la nursery. Combien de temps croyez-vous que nous avons mis pour aller à la Roche Noire ?

Éthel avait les yeux rouges. Avant qu'elle ne dise un mot, Sylvia lui fit signe – un doigt sur ses lèvres – de ne pas parler devant Lucy.

– Va vite te changer, Lucy, sinon le thé sera prêt avant toi !

La petite fille sortit en courant et Éthel dit alors, éplorée :

– Vous savez ce qui est arrivé à Madame ? C'était une grande dame, ça, personne ne peut dire le contraire...

– N'en parlez pas devant miss Lucy, Éthel.

– Non, bien sûr. Mais nous sommes tous très malheureux. Mr Bateson a pleuré tout l'après-midi comme un enfant.

Manifestement, Éthel ignorait dans quelles circonstances Lady Clementina était morte. Sans doute Sir Robert et Bateson avaient-ils transporté le corps de la châtelaine dans sa chambre avant d'appeler Purvis et d'envoyer chercher le docteur. Assurément, les plus anciens parmi les domestiques ne tarderaient pas à apprendre la vérité, mais les autres accepteraient cette version sans poser de questions.

Elles finissaient de prendre le thé lorsque Bateson entra.

– Sir Robert vous attend à la bibliothèque, miss, dit-il à Sylvia.

Elle suivit le maître d'hôtel et voyant son visage défait, elle eut un élan de sympathie pour lui. Il la précéda le long des couloirs silencieux et Sylvia se souvint d'un jour déjà ancien où il l'avait ainsi conduite avec la même solennité à la bibliothèque où l'attendait son oncle. Bateson avait alors éprouvé une grande satisfaction à la voir humiliée et menacée. Aujourd'hui, il avait bien changé et quand, ouvrant la porte de la bibliothèque, il annonça Sylvia, il n'y avait plus aucune ironie dans sa voix.

– Miss Wace, Sir Robert !

Sylvia pénétra dans la grande pièce, les yeux baissés et le cœur battant. Elle resta un instant immobile et silencieuse puis elle regarda Sir Robert.

Il était debout devant la fenêtre, figé et silencieux lui aussi. Elle fut d'abord déconcertée par son expression et puis son cœur devina ce que sa raison ne comprenait pas. Elle s'approcha de lui et plongea son regard dans le sien. Toute parole était inutile. Ils se comprenaient au-delà des mots. Sylvia savait qu'il allait se sacrifier pour l'honneur de sa mère.

– Le faut-il vraiment ? murmura-t-elle.

– Vous ne voudriez pas que j'agisse autrement ?

Et il se jeta à genoux devant elle, lui prit la main et la pressa contre sa joue.

– Oh ! mon amour... souffla-t-elle, bouleversée.

De sa main libre, elle caressa son épaisse chevelure flamboyante. Il n'était soudain qu'un petit garçon perdu dans un monde cruel. Il posa ses lèvres avec ferveur sur la main de Sylvia.

– Je vous aime, murmura-t-il.

– Moi aussi, je vous aime.
– Et je ne peux rien vous donner, pas même mon nom...
– Vous aimer me suffit.
– Oh! ma chérie, mon amour, dit-il en se levant et en la prenant dans ses bras.

Il la regarda tendrement puis, la serrant plus fort contre lui, pressa ses lèvres contre les siennes. Le baiser qu'ils échangèrent avait quelque chose de sacré. Au-delà de leur attirance physique, il traduisait l'accord parfait de deux âmes qui resteraient unies pour l'éternité.

– Qu'allez-vous devenir, ma chérie ?
– C'est plutôt à moi de vous le demander...
– Mon avenir est tracé, répondit-il.
– N'y a-t-il aucun espoir ?
– Je crains que non.
– Me direz-vous ce qui s'est passé ?

Ils se séparèrent et Robert se tut un instant.

– Pourquoi pas ? dit-il enfin. J'ai gardé le silence pendant tant d'années. Sylvia... Je veux vous dire que si je ne vous avais pas rencontrée, je ne me serais jamais soucié d'aimer mais, dès l'instant où je vous ai vue, j'ai su que vous étiez celle qui m'était destinée et qu'inconsciemment, j'avais toujours désirée. Mais vous êtes venue trop tard...

– Est-il vraiment trop tard ? implora-t-elle.
– Voulez-vous dire...
– Je veux dire que je suis à vous, Robert, quoi qu'il arrive. Je suis à vous maintenant et pour toujours.
– Le pensez-vous vraiment ?
– Oui, mon amour.
– Oh, ma chérie... La police va venir me chercher. Personne au monde ne peut me sauver.

Tout ce que je peux offrir à la femme que j'aime est un nom déshonoré.

– Et pourtant, Robert, je serai fière de porter ce nom et... quoi qu'il arrive... je m'occuperai de Lucy.

Il la serra tendrement contre lui.

– Je vous aime, Sylvia. Dites-moi encore que vous m'aimez.

– Je vous aime, Robert.

– Notre seule chance est de franchir la frontière écossaise et de nous marier à Gretna Green. La police croira que je me suis enfui mais après notre mariage, nous reviendrons et je ferai face à la justice.

Elle passa ses bras autour du cou de Robert et s'appuya tendrement contre sa poitrine. Alors, la serrant passionnément contre lui, il la couvrit de baisers.

– Enfin tu seras à moi. Je t'ai si follement désirée depuis cette nuit où je t'ai serrée dans mes bras. T'en souviens-tu ?

Sylvia ne pouvait parler. Pour elle, à cet instant, rien n'existait que leur amour. Elle entendit Robert lui répéter qu'il l'aimait puis elle sentit ses lèvres sur ses paupières, sur ses lèvres, sur son cou. Ivre de bonheur, elle se livrait à ses baisers passionnés.

– Je t'aime, je t'aime... répétait-il avec passion.

21

La pendule sonna, il était cinq heures.
— Il va falloir partir, ma chérie, dit-il tendrement. Dès que la nuit sera tombée... pour ne pas être vus.

Sylvia imagina tout... leur fuite dans la nuit, l'Écosse à l'aube, toute une journée pour devenir mari et femme et ils s'appartiendraient enfin, même si ce n'était que pour quelques heures.

— Avant que vous ne deveniez ma femme, dit-il, je veux que vous sachiez la vérité. Vous êtes la première personne à qui je la révèle et personne d'autre que vous n'en saura jamais rien.

Il alla à la fenêtre et contempla la lande un moment avant de se retourner vers Sylvia.

— J'aimais mon frère, dit-il. Comme je n'ai jamais aimé personne jusqu'à ce que je vous rencontre. J'étais plus grand et plus fort que lui mais il l'acceptait et nous étions heureux. En grandissant, j'ai compris qu'Edward n'était pas normal. Je ne l'en aimais pas moins. Il restait un enfant et je devenais un homme, voilà tout. Je voyais bien que notre mère m'aimait autant qu'elle détestait mon frère mais je ne m'en souciais pas vraiment. Et puis, à la mort de mon père, elle exprima trop clairement ses intentions... Le jour même de l'enterrement, je suis allé tenter de la consoler dans sa chambre. Les yeux secs, elle était assise à son secrétaire devant l'arbre généalogique de notre famille. Elle venait d'y inscrire la date du décès de mon père et, à côté du nom d'Edward : héritier du titre... C'est alors qu'elle m'a déclaré froidement que ç'aurait dû être moi, l'héritier, et non Edward qu'elle a traité d'avorton. « Je jure que cette maison sera à toi ! » a-t-elle ajouté. Cela m'a terrifié. À partir de ce jour, sa haine pour Edward ne fut un mystère pour personne. Elle a exigé qu'il ne quitte plus la nursery où elle n'est jamais allée le voir. Nannie la tenait au courant de l'état de santé de mon frère, mais elle ne s'intéressait qu'à moi, me poussant à gérer le domaine, à me comporter comme le maître de la maison, à donner des ordres... et à me marier pour perpétuer la lignée. J'ai fini par avoir une relation amoureuse avec une femme qui s'est lassée de moi lorsqu'elle a trouvé un meilleur amant. Par dépit, j'ai épousé Alice. Nous sommes venus passer notre lune de miel à Sheldon Hall. Ma mère nous attendait dans le hall. Elle souriait et pourtant j'étais terriblement angoissé sans comprendre pourquoi. Un pressentiment... Après le somptueux dîner, le personnel offrit des fleurs à Alice et au nom de tous, Bateson nous souhaita bonheur et prospérité. Ne voyant pas Nannie parmi les domestiques, je m'en inquiétai auprès de ma mère qui me répondit avec brusquerie qu'elle devait être avec Edward. Puis, je dus faire un discours, parler avec ma mère des problèmes posés par la propriété et restés en suspens pendant mon absence. J'ai rejoint ma jeune épouse ensuite et ce soir-là, je n'ai pas eu le temps d'aller voir Edward. Et je me le reprocherai jusqu'à la fin de ma vie... Le lendemain matin, Bateson m'a annoncé la mort de mon frère. J'ai couru jusqu'à la chambre de ma mère. Elle était calme, froide et dure. J'ai compris immédiatement qu'elle l'avait tué. Je le lui ai dit, priant le Ciel qu'elle s'indigne de cette accusation. « Tu es enfin l'héritier des Sheldon » a-t-elle répondu, impassible. Horrifié, j'ai compris qu'elle était folle... Folle de Sheldon Hall. Et j'ai quitté la pièce sans un mot, seul désormais, avec le fardeau écrasant du crime de ma mère sur la conscience.

Robert se tut un instant. Ses lèvres tremblaient. Sylvia ne dit rien et il reprit :

– Depuis, je n'ai pu oublier ce cauchemar, incapable de vivre heureux et de donner du bonheur à quiconque, sachant que mon frère avait été sacrifié pour moi. J'ai été un mari sinistre. Je n'ai pu supporter la gaieté d'Alice, son désir de vivre. Elle a vite trouvé la vie à Sheldon Hall intolérable et je n'ai pas été surpris de sa fuite. Ma mère a d'ailleurs joué un rôle décisif dans notre séparation car elle souhaitait un héritier et elle haïssait Alice de ne pas partager sa passion pour Sheldon Hall. Vous connaissez la suite... J'ai tout fait pour oublier. En vain. Et puis, vous êtes entrée dans ma vie... vous, mon amour, si confiante, si pure, avec votre sourire adorable... Je suis tombé amoureux de vous tout de suite. Follement. Dès lors, il m'a suffi de penser à vous pour échapper à mes tourments, à la hantise de ce crime abominable...

– Vous ne l'avez pas commis ! s'écria Sylvia.

– Ce n'est pas si simple. Je n'aurais pas dû laisser ma mère nous dominer à ce point et faire de nous tout ce qu'elle voulait, comme si nous n'étions que de simples marionnettes. Si je m'étais conduit comme un homme, Edward vivrait encore.

– Vous vous torturez...

Il la regarda soudain avec une sorte d'avidité, comme s'il avait voulu graver dans sa mémoire chaque détail du visage de Sylvia avant qu'on ne vienne l'arrêter et qu'on les sépare à jamais. Elle aurait voulu le supplier de ne pas sacrifier sa vie, leur amour, leur bonheur à l'honneur de sa mère maintenant dans la tombe. Mais elle ne dit rien, trop consciente de la profondeur de leur malheur. Elle ne put que le regarder intensément, avec une passion et une tendresse infinies. Alors, ébloui par les trésors qu'elle lui offrait et par sa beauté, il se pencha sur elle et prit ses lèvres dans un élan d'adoration fanatique.

– Quoi qu'il arrive, mon tendre amour, la vie nous aura donné au moins quelques heures de bonheur parfait... lui dit-il enfin avec une ferveur désespérée. Je pense que nous devons avertir Bateson et Nannie de nos intentions...

À cet instant, on frappa à la porte. Dans les bras l'un de l'autre, ils se serrèrent un peu plus fort un court instant, redoutant le pire, puis se séparèrent.

– Entrez ! dit-il.

Nannie apparut.

– Nannie... entrez ! Justement, je voulais vous parler. Asseyez-vous. Sylvia... restez, je vous le demande. Je veux que nous disions tous deux à Nannie quels sont nos projets.

– Des... projets ? balbutia Nannie en s'asseyant.

– Oui, Nannie, dit Robert en prenant Sylvia par la main. Miss Wace a accepté de devenir ma femme. Nous avons peu de temps pour nous marier et nous ne pouvons le faire que secrètement. C'est pourquoi nous avons besoin de votre aide.

— Je suis si... heureuse, tellement... oh!... répondit la vieille femme en pleurant. Vous allez enfin être heureux, Sir Robert, enfin!

Il y eut un long silence pendant lequel Nannie s'essuya les yeux puis elle reprit :

— Il y a longtemps que je sais que vous vous aimez et j'avais si peur que vous ne puissiez vivre cet amour... à cause des événements tragiques qui vous séparaient... Mais maintenant, c'est fini, Sir Robert, rien ne peut plus vous empêcher de vivre et d'être heureux.

— Je ne crois pas que vous sachiez ce qui s'est passé, répondit-il, étonné. Savez-vous ce qui a causé le décès de ma mère ?

— Oui, je le sais. Bateson m'a tout raconté. Enfin, il a surtout répondu à mes questions, précisa-t-elle en voyant Robert froncer les sourcils. Je connaissais mieux que personne l'unique raison qui pouvait arracher Madame à son lit et quand j'ai appris que le chef de la police était venu, j'ai compris tout de suite.

— Vous comprenez donc pourquoi nous devons nous marier au plus vite... Il nous faut pour cela franchir la frontière écossaise; mais si la police découvre que je ne suis plus à Sheldon Hall, on croira que j'ai fui. Vous êtes la seule à pouvoir nous aider.

— Non, Sir Robert, vous n'avez pas besoin de mon aide. Vous allez pouvoir vous marier comme il convient, vivre en paix et avoir d'autres enfants...

— Ma chère Nannie, l'interrompit Sir Robert, je vois que vous ne comprenez pas. Ne vous a-t-on pas dit que la police était en train d'exhumer le corps d'Edward ? La cause de sa mort a probablement déjà été découverte et...

– On ne découvrira rien, déclara-t-elle sans lui laisser finir sa phrase.

– Écoutez, Nannie, la confiance que j'ai en vous et les circonstances m'obligent à vous révéler un terrible secret, dit-il gravement. Ma mère a donné de l'arsenic à Edward, elle me l'a dit elle-même. Pardonnez-moi de vous le dire aussi brutalement... mais la police va trouver des traces du poison, me soupçonner et m'arrêter d'un instant à l'autre...

Il la fixait, interloqué par son calme. Il n'en crut pas ses yeux quand elle lui sourit tendrement.

– Ils ne trouveront rien, répéta-t-elle. Je sais combien vous avez souffert pendant toutes ces années mais je ne pouvais me décider à parler. Et, pour être tout à fait franche, je dois bien vous avouer que pour moi, ce que vous avez fait endurer à votre mère n'a été que justice. Peut-être ai-je eu tort de garder le silence. Je ne suis qu'une humble femme et je sais que c'est mal de juger autrui. Quoi qu'il en soit, je vais vous dire toute la vérité, maintenant.

– Mais enfin, Nannie, qu'est-ce que tout cela signifie ? s'écria Sir Robert, à bout de patience.

– Je veux dire qu'en examinant la dépouille de mon pauvre bébé, ils ne trouveront rien et devront conclure à la mort naturelle.

Sir Robert regarda Sylvia avec stupeur et, tout aussi confondue, elle mit sa main dans la sienne.

– Je n'ai jamais pensé que le jour viendrait où je pourrais dire la vérité sur la mort de votre frère, commença Nannie en essuyant les larmes qui roulaient sur ses joues. Mais ma colère et mon ressentiment se sont atténués avec les années et, maintenant que Madame est morte, je ne peux plus la haïr comme autrefois... Je vous aimais beaucoup, Sir Robert, mais pourquoi vous cacher que j'avais une préférence pour votre frère. Il était tout à moi, personne n'en voulait. Surtout pas sa mère. Et il m'aimait tant que j'en oubliais qu'il n'était pas mon enfant. Il était si dépendant de moi que j'étais sûre de ne jamais le perdre. Il n'a pas eu de précepteur comme vous, il ne voulait que moi et tout le temps... Il aimait se blottir dans mes bras et les visites de sa mère – heureusement rares ! – le rendaient malade. Elle était si dure avec lui... il en perdait tous ses moyens. Malgré son état, il avait des moments de lucidité et d'intelligence que j'étais la seule à remarquer. Un jour, il m'a suppliée de ne plus laisser venir Madame. Elle lui faisait peur... Et moi aussi, elle me terrifiait car, après avoir longtemps chassé cette idée de ma tête, j'avais acquis la certitude qu'elle voulait se... débarrasser de votre frère.

– Edward vous a-t-il demandé cela après la mort de mon père ? demanda Robert.

– Oui. Je comprenais combien il était difficile pour Madame d'accepter qu'Edward hérite du titre, mais enfin il ne demandait qu'à être heureux sans quitter ses deux pièces au dernier étage. Et puis il y a eu autre chose. Peut-être vous souvenez-vous qu'il avait coutume de qualifier tout ce qu'il n'aimait pas de laid. Or, un après-midi, il a dit à Madame qu'elle était laide... À son expression, j'ai compris que la vie d'Edward était en danger. C'était la veille de votre retour.

– La veille ?

– Oui. Madame était montée le voir et elle l'observait en silence depuis un bon moment. Il était dans un de ses mauvais jours où il marmonnait des paroles incompréhensibles et gémissait.

Tout d'un coup, ne supportant sans doute plus le regard méprisant de Madame, il lui a crié : « Tu es laide ! Tu es laide ! » Madame allait sortir quand elle a remarqué ma mauvaise mine. Elle s'en est inquiétée et j'ai dit que j'avais pris froid, que c'était sans gravité... Plus tard, au moment où j'allais me coucher, Bateson qui ne venait jamais à notre étage, m'a apporté du lait chaud où l'on avait mis une potion pour me guérir, de la part de Madame. Elle me faisait dire de le boire et de me mettre au lit aussitôt après. Bateson a beaucoup insisté et je l'ai remercié, très étonnée de cette étrange sollicitude pour un simple refroidissement. Si étonnée qu'au lieu de boire ce verre de lait je l'ai posé sur la cheminée avant de l'avaler. C'était la première fois depuis tant d'années passées à son service, que Madame se souciait de ma santé. Cela me paraissait curieux. Je suis allée voir Edward. Il s'endormait toujours très tard et il était si gentil, si attentionné qu'il restait très tranquille pour ne pas me réveiller, quand j'étais fatiguée. Il jouait avec ses soldats de plomb. J'ai laissé la porte entre nos deux chambres entrouverte, je me suis couchée et je n'ai pu trouver le sommeil. Soudain, j'ai entendu qu'on entrait dans la chambre d'Edward par le couloir et qu'on lui parlait tout bas. N'osant respirer, j'ai tendu l'oreille. « Oui, Edward aime le chocolat... oui, il le boira... » a dit votre frère. Puis on a refermé la porte avec précaution. Je me suis précipitée. Il jouait encore et m'a souri avec cette douceur merveilleuse qu'il avait toujours avec moi... J'ai voulu savoir qui était venu mais il n'a pas su me le dire. Il avait beaucoup de mal à se souvenir des noms. Alors, j'ai vu une tasse de chocolat posée sur sa table de nuit. J'ai insisté pour savoir qui venait de la lui apporter. « Laide, laide... » a-t-il soupiré. J'ai tout deviné. J'ai regardé mon bébé qui avait été un si joli petit garçon... Il était devenu gros et maladroit – et j'ai éprouvé de la pitié pour Madame. J'ai décidé de faire mon devoir et... de mettre un terme aux souffrances de ce malheureux. Je suis allée chercher le verre de lait et le lui ai fait boire, puis j'ai vidé la tasse de chocolat dans le lavabo et l'ai replacée sur sa table de nuit. Puis j'ai attendu. Dix minutes plus tard, mon Edward dormait. Je me suis recouchée et j'ai entendu Madame quand elle est venue reprendre la tasse vide. Alors, je suis allée au chevet d'Edward. Je l'ai regardé longtemps, pensant à son avenir. Son état allait s'aggraver d'année en année, le docteur l'avait affirmé. Je l'ai imaginé ne sachant plus ce qu'il disait ni ce qu'il faisait, peut-être même, ne me reconnaissant plus... J'ai pris doucement un de ses oreillers et je l'ai mis sur son visage. Je l'y ai maintenu longtemps, jusqu'à ce que mes bras soient engourdis et mes prières un torrent de mots incompréhensibles. J'ai retiré l'oreiller. Mon bébé était mort.

Nannie cacha son visage dans ses mains. Dans le silence accablant, Robert serrait la main de Sylvia à lui faire mal.

– Je suis restée agenouillée toute la nuit auprès de son lit, reprit Nannie. J'avais fermé la porte à clé. Je voulais être seule avec lui que j'aimais le plus au monde. À l'aube, je me suis habillée. La femme de chambre a apporté le petit déjeuner. Je lui ai dit que Sir Edward avait eu une mauvaise nuit, que je ne voulais pas qu'on le dérange, que je lui porterais le plateau moi-même. Je n'ai permis à personne d'entrer dans sa chambre pendant toute la matinée. Je haïssais Madame. Je voulais venger mon bébé, la faire souffrir. J'ai habillé mon pauvre petit. Son visage exprimait une immense paix. Je lui ai croisé les mains sur sa poitrine et j'ai mis des fleurs entre ses doigts. Bateson est venu m'avertir que vous étiez marié, que vous arriviez avec votre jeune femme et que le personnel se réunissait dans le hall après le dîner, pour souhaiter la bienvenue à votre épouse. Je lui ai répondu que je ne pouvais pas laisser Sir Edward, que je lui avais passé mon rhume. Il a eu l'air affreusement gêné et m'a demandé si j'avais bien pris la potion de Madame. J'ai affirmé que oui et son visage s'est détendu comme par enchantement. Horrifiée par cet ignoble complot, j'ai passé la nuit suivante seule avec mon petit garçon et au matin, je suis descendue dire à Lady Clementina que son fils était mort. Elle n'a pas versé une larme, bien entendu – et je lui ai laissé croire qu'elle avait tué son fils et que j'étais persuadée qu'il s'était éteint pendant son sommeil. Le docteur déclara qu'il avait eu une défaillance cardiaque. Oui, le souffle lui avait manqué... parce que mes propres mains l'avaient arraché à la vie.

– Vous ne devez pas parler ainsi, Nannie, l'interrompit Robert. Vous n'êtes pas responsable de sa mort. Vous n'avez fait que lui donner la mort la plus douce qu'il pouvait avoir. S'il avait bu ce chocolat, il aurait beaucoup souffert.

– En conscience, j'ai cru agir pour son bien, conclut-elle, épuisée, et après ce que vous venez de m'apprendre, je crois que c'était la meilleure solution pour vous aussi.

Nannie prononça ces dernières paroles d'une

voix bouleversée et avec une expression de bonté si totale que les larmes montèrent aux yeux de Sylvia. Nannie aimait toujours en Robert le petit garçon perdu dans ce monde cruel et dont la jeunesse avait été endeuillée par la fin tragique de son frère.

Robert se leva pour prendre les mains de la vieille femme.

— Votre amour pour Edward et pour moi est si grand, si fort... dit-il avec émotion. Je ne saurai jamais vous en remercier, Nannie. Acceptez-vous de me pardonner et de rester ici pour nous aider à remplir cette demeure de joie et de tendresse ?

— Oh, Sir Robert, je ne pourrais vivre ailleurs qu'ici ! Où irais-je ? A Sheldon Hall, je me sens chez moi...

Sylvia se leva à son tour et, s'approchant de Robert, elle posa sa tête contre son épaule tandis qu'il l'enlaçait.

— C'est ce qu'il faut que nous fassions de Sheldon Hall, Robert, dit-elle tout bas. Un lieu où l'on se sent chez soi.

— Dieu vous bénisse ! s'écria Nannie en se remettant à pleurer mais de joie, cette fois.

Elle sortit très vite.

— Est-il vraiment possible que nous n'ayons plus besoin d'avoir peur ? dit Sylvia. Je peux à peine y croire...

— Pourtant, c'est bien vrai, mon amour, il n'y a plus lieu d'avoir peur, assura-t-il tendrement.

Elle le regarda avec amour. Il rayonnait. Sans un mot de plus, il la prit dans ses bras et l'embrassa avec une infinie douceur.

Romans sentimentaux *Dos jaune d'or*

ARLEN Leslie
Les Borodine :
1 - **Amour et honneur** (1226★★★★)
2 - **Guerre et passion** (1314★★★★)
3 - **Rêves et destin** (1364★★★★)
4 - **Espoir et gloire** (1425★★★★)
5 - **Rage et désir** (1539★★★★)
Une famille russe à travers la Révolution et la Seconde Guerre mondiale.

BENZONI Juliette
Marianne, une étoile pour Napoléon (601★★★★ et 602★★★★)
Le soir de ses noces, femme outragée, veuve, criminelle, elle découvre l'amour dans les bras d'un inconnu : Napoléon.

Le Gerfaut des brumes :
- **Le Gerfaut des brumes** (1118★★★ et 1119★★★)
Tel le Gerfaut, c'est un redoutable chasseur : à la guerre et en amour.
- **Un collier pour le diable** (1186★★★ et 1187★★★)
Malgré lui, le Gerfaut est mêlé à l'Affaire du collier de la reine.
- **Le trésor** (1509★★★★)
Pour échapper à ses ennemis, le Gerfaut s'invente un nouveau destin.
- **Haute-Savane** (1715★★★★★)
D'Armor en Amérique, l'amour, l'aventure, la bravoure du Gerfaut deviennent légendaires.

Un aussi long chemin (1872★★★★)
Une femme trop belle entreprend le pèlerinage de Saint-Jacques de Compostelle en 1143.

BRENT Madeleine
Le léopard des neiges (1660★★★★)
Quel mystère plane sur la naissance de Jani ?

CARTLAND Barbara
Les belles amazones (727★★)
L'amour sincère de son « client » sauvera-t-il la jeune fille de la déchéance ?
La naïve aventurière (751★★)
Épousée par hasard, saura-t-elle conquérir son mari ?
L'irrésistible amant (758★★)
Il est jeune, riche et beau, pourtant celle qu'il aime paraît le haïr.
Contrebandier de l'amour (783★★)
L'amour conduit le jeune duc dans un repaire de contrebandiers.
La fée de la glace (845★★★)
Pour l'étoile du patinage et le jeune lord anglais, le bonheur sera une dure conquête.
Le fantôme de Monte-Carlo (854★★★)
Chantal Wytham résoudra-t-elle l'énigme de sa naissance ?
Le masque de l'amour (973★★)
Fuyant Venise, la jolie Caterina est capturée par des pirates barbaresques.
La belle et le cavalier (985★★★)
Ruiné, sir Hugh vend sa propre fille aux enchères.
La fiancée réticente (993★★)
Sa mère a décidé de son mariage : comment y échapper ?
Les hasards de l'amour (1014★★)
Pour sauver son père, Simonetta accepte de participer à une comédie qui lui répugne.
Les amours mexicaines (1052★★★)
Maltraitée par son oncle, Kamala se glisse en cachette dans un bateau en partance pour le Mexique.
Les roses de Lahore (1069★★)
Un secret honteux entache son nom : a-t-elle le droit d'aimer ?

Romans sentimentaux

Le message de l'orchidée (1072★★)
Un flot tumultueux de passions se déchaîne lors de l'inauguration du canal de Suez.

Quand l'amour triomphe (1076★★)
Que faisait chez lui cette jolie fille serrant une bombe contre elle ?

Au péril de l'amour (1097★★★)
Enlevée, conduite en Afrique, Sélina est vendue au plus offrant.

La flamme d'amour (1110★★)
Messes noires, satanistes : dans quel monde est tombée l'innocente Vada ?

Un faux mariage (1121★★★)
Pour échapper à une « tigresse », il épouse la première venue.

Des fleurs pour mon amour (1133★★★)
Derrière la grâce de Lokita se cache un incroyable secret.

Pour l'amour de Lucinda (1227★★)
Elle épouse par ruse le fiancé de sa sœur.

Les larmes de l'amour (1228★★)
Canuela aime l'homme qui a ruiné son père.

Le cavalier masqué (1238★★)
Lorsqu'elle rencontre l'amour, elle a épousé un autre homme.

La nymphe de Montmartre (1239★★)
L'ingénue est prise pour une courtisane.

Les détours de l'amour (1251★★)
Il la quitte au lieu de lui dire son amour.

Pour vivre avec Axel (1286★★)
Axel sauvera-t-il la jolie Vernita du lit de l'empereur ?

La prison d'amour (1296★★)
Elle l'aime depuis l'âge de neuf ans, refusera-t-il de l'épouser ?

Les amours au paradis (1297★★)
A Bali, un amour exotique et irréel se mêle aux intrigues du gouverneur.

Le maître de Singapour (1309★★)
Défigurée, que peut attendre Dorinda de ce voyage à Singapour ?

Il ne nous reste que l'amour (1347★★)
Elle se réfugie auprès de son cousin, libertin entouré de cocottes et d'actrices.

L'amour fou de Zivana (1348★★)
Dans la Chine de 1900, au cours de la révolte des Boxers, l'aventure de la jolie Zivana.

L'amour joue et gagne (1360★★)
Au bord de la ruine, une chance : un riche mari pour sa pupille Christina.

Les deux cousines (1384★★★)
L'homme qu'elle aime est aussi celui qu'elle hait le plus au monde.

Vanessa retrouvée (1385★★)
Une nuit, dans une auberge, une inconnue se réfugie dans la chambre d'un jeune homme.

Rencontre à Lahore (1401★★)
Ensemble, ils connaîtront le froid, la faim et la peur.

Brelan de dames (1402★★★)
Comment choisir entre trois femmes également ravissantes ?

Evelyne et la panthère noire (1415★★★)
Pour elle, il ressemble à une panthère noire.

Un baiser pour le roi (1426★★)
Le roi a passé la nuit auprès d'elle en tout bien tout honneur.

Lune de miel au Rajasthan (1440★★)
Pour de l'argent il épouse une inconnue.

La duchesse a disparu (1441★★)
L'homme qu'elle aime a-t-il tué son épouse ?

Fortuna et son démon (1454★★)
Elle est l'enjeu d'une atroce machination.

Romans sentimentaux

Pirate d'amour (1455★★)
Bertilla devient missionnaire au cœur de la jungle malaise.

L'énigmatique marquis (1469★★)
Couvert de dettes, il peut encore vendre sa sœur.

Un diadème pour Tara (1482★★)
Elle se croyait lingère, elle devient duchesse.

Les deux amours de Pamela (1483★★★★)
Le jour de son mariage, elle retrouve celui qu'elle aime.

Le sortilège des Antilles (1497★★)
Haïti : un trésor, le Vaudou, les haines raciales et la belle Saona.

Aventure au bord du Nil (1498★★)
L'amour pourra-t-il faire oublier à Shikara son père disparu ?

La tour du bonheur (1506★★★)
L'indifférence d'une coquette face à la brutalité d'un homme de la brousse.

La fontaine aux vœux (1507★★★)
L'enchantement du Palais Borghèse va-t-il éblouir Cléona ?

L'étoile filante (1521★★)
Gracilia se cache dans un château qu'elle croit abandonné.

Le port du bonheur (1522★★)
Elle préfère un flibustier à l'homme choisi par son père.

La fugue de Célina (1537★★)
Plus elle est éprise, plus il se fait distant, mystérieux.

Un amour imprévu (1538★★)
Il trouve une inconnue dans le lit de sa mère.

La princesse orgueilleuse (1570★★)
Un hardi cavalier lui a volé un baiser.

La déesse et la danseuse (1581★★)
Un monde où la brutale réalité côtoie le rêve.

Rhapsodie d'amour (1582★★)
Un baiser volé peut tout changer.

Rêver aux étoiles (1593★★)
Condamnée à épouser un être vil et ivrogne.

Sous la lune de Ceylan (1594★★)
Son fiancé ne lui inspire que de la répulsion.

Les vibrations de l'amour (1608★★)
Fabia exaltait ses nobles sentiments et ses bas instincts.

Duchesse d'un jour (1609★★)
Mariée aujourd'hui, elle doit épouser un autre homme demain.

Duel avec le destin (1626★★)
Au lieu de l'aimer, il propose de l'entretenir.

L'enchanteresse (1627★★)
Elle accepte d'épouser le fiancé de sa sœur.

Le marquis et la gouvernante (1682★★)
Entre eux, l'amour est-il permis ?

Un duc à vendre (1683★★)
Un mariage d'argent peut-il amener le bonheur ?

Le fantôme amoureux (1731★★)
Suffit-il de se déguiser en fantôme pour échapper aux pièges de l'amour ?

Où vas-tu, Mélinda ? (1732★★)
Une ravissante créature passe pour sa femme.

La princesse en péril (1762★★)
Martyrisée par son époux, sauvée par lord Askley, Mariska trouvera-t-elle le bonheur ?

Défi à l'amour (1763★★★★)
Rien n'est facile pour la trop jolie et trop pauvre Nérina.

Ola et le marquis (1775★★)
Droguée puis sauvé par Ola, le marquis succombera-t-il à son charme innocent ?

Le festin secret (1776★★)
Une jeune fille bien née a-t-elle le droit de monnayer ses talents ?

Achevé d'imprimer sur les presses de l'imprimerie Brodard et Taupin
58, rue Jean Bleuzen, Vanves. Usine de La Flèche,
le 10 décembre 1985
1204-5 Dépôt légal décembre 1985. ISBN : 2 - 277 - 21929 - 0
Imprimé en France

Editions J'ai Lu
27, rue Cassette, 75006 Paris
diffusion France et étranger : Flammarion